年下男子の『はじめて』が想像以上にスゴかった！

極上イケメンは無垢な顔して××する

ルネッタⓁブックス

CONTENTS

Lunetta

プロローグ

四月三日である今日は入社式を行う会社が多いらしく、朝の駅周辺はフレッシャーズらしきスーツ姿の若者で溢《あふ》れていた。

午前中のオフィス内は、電話をしている者やパソコンのキーボードを叩《たた》いている者が多く、活気がある。そんな中、編集長の飯田《いいだ》が一人の若い男性を連れて入ってきて、社員たちに向かって「ちょっといいか」と言った。

「さっき入社式が終わって、この広告営業部企画制作グループにも一人新人が配属されることになった。うちはこれからウェブ版にも力を入れていく予定だから、そのための補強人材だ。今後この部署の戦力になってもらえるよう、皆で仕事を教えてやってほしい」

飯田の隣に立つ新入社員を見た永岡佐和《ながおかさわ》は、目を瞠《みは》る。

頭が小さくスラリとした体型の彼は、整った容貌をしていた。長い手足にダークカラーのスーツが映え、髪は整髪料ですっきりと整えられている。その顔には見覚えがあり、息をのみつつ考えた。

（嘘《うそ》……何でここに）

すると隣の席の奥川《おくかわ》が椅子のキャスターを使ってこちらに身を寄せ、興奮した口調でヒソヒソとささやいた。

「やだ、めっちゃイケメン。今回の新人は当たりだね。……永岡？」

「──……」

佐和が食い入るように見つめていると、新人がオフィス内を見回し、こちらに目を留める。

そのとき飯田から「何か一言」と促され、我に返った様子の彼が口を開いた。

「このたび広告営業部企画制作グループに配属されることになりました、小野奏多《おのかなた》です。朝倉《あさくら》出版が刊行している雑誌〝ease《イーズ》〟はかねてから愛読しており、魅力的な誌面作りに携われるのをうれしく思っています。一日も早く仕事を覚え、社に貢献できるようにと考えておりますので、どうぞよろしくお願いします」

社員たちが拍手をし、飯田がデスクの緒方《おがた》に向かって言う。

「とりあえず今日は、緒方デスクに業務内容を教えてもらうように。緒方、頼むぞ」

「わかりました」

それぞれがやりかけの仕事に戻っていく中、佐和はひどく混乱していた。

まさか小野が自分の会社、しかも同じ部署に入ってくるなんて夢にも思わなかった。彼が今年新社会人として就職するのは聞いていたが、自分の職場で会うなどまったくの予想外だ。

（どうしよう。小野くんの顔が見られない。だってわたしたちは――）

入社六年目の自分と、大学を卒業したばかりの小野、二人が〝セフレ〟である事実は職場の誰にも言えない。

オフィス内では電話の鳴る音や話し声が行き交い、ざわめいていた。これから自分がどう振る舞うべきかを考え、佐和は胸に渦巻く動揺をじっと押し殺した。

第一章

三月半ばの札幌は長い冬の終わりが近づき、雪解けがだいぶ進みつつある。

今月は異動に伴う送別会があり、何かと慌ただしい時期だった。そんな中、永岡佐和の気持ちは憂鬱だ。先月のバレンタインデーは交際中の彼氏にかなり値の張るチョコレートをプレゼントしたが、よりによってその翌日に浮気が発覚した。

しかも相手は他部署の若い女性社員で、彼――緒方和志《かずし》は一年半つきあっていた佐和の存在を隠していたらしい。「日帰り出張からそのまま直帰する」という緒方の家を訪れ、合鍵を使って彼の自宅に入った佐和は、二人がベッドインしている場面に遭遇した。

どうやら緒方はこちらに伝えていた予定よりはるかに早く帰宅しており、浮気相手を連れ込んでいたようだ。これまで浮気されている気配をまったく感じていなかった佐和は唖然《あぜん》とし、すぐに猛烈な怒りに襲われた。一体どういうつもりなのか問い質《ただ》したところ、彼は開き直って言った。

『どういうつもりも何も、アラサーのお前と若い子を比べたら、そりゃこっちを取るに決まってるだろ。美紀《みき》はお前みたいにきつい言い方しないしさ』

浮気の原因をこちらの年齢のせいにするという意味不明な論理に反発し、かなり言い争った末に別れたものの、そのあとが面倒だった。

総務部に所属する浮気相手は嶋田《しまだ》美紀という若手社員で、翌日廊下を歩いていたこちらを呼び止め、「私は緒方さんと永岡さんがつきあっているのを知らなかったんです」「だから苛《いじ》めるのはやめてください」と言ってポロポロ泣き、元よりそんなことをするつもりがなかった佐和はうんざりした。

嶋田は先手を打って牽制《けんせい》し、自分の身を守ろうとしたのかもしれないが、通りがかりの社員たちにチラチラ見られた佐和にしてみればたまったものではない。案の定、そのあと社員たちのあいだで「企画制作グループの永岡が、総務の若い子をいびって泣かせていたらしい」という噂《うわさ》が立っていると同僚の奥川が教えてくれ、佐和は鬱々としていた。

（和志とは年齢的に結婚するつもりでつきあってたけど、まさかこんな形で別れるなんて思ってもみなかった。おかしな噂を立てられて社内では遠巻きに見られてるし、彼も総務の子もほんっと最悪）

緒方は同じ部署に所属しており、毎日否応なしに顔を合わせてしまう気まずさもある。

とはいえこちらには何の落ち度もないのだから、小さくなる必要はない。そう考えた佐和は彼を気にせず堂々と振る舞っているが、一ヵ月経《た》った今はふとした瞬間に気持ちが落ち込む。

そんな佐和の癒やしは、半月ほど前にマンションの隣室に引っ越してきた若い男性だった。挨拶に来たときに〝小野〟と名乗っていた彼はスラリとした体型で、顔立ちはモデルかアイドルのように整っており、廊下ですれ違うたびに目の保養になっている。

（小野くん、たぶん大学生くらいかな。髪がサラサラだし、頭が小さくて手足が長いし、今どきのおしゃれな男の子って感じで眼福。前は年上の男性にしか興味がなかったけど、年下の子を可愛《かわい》いと思うなんて、きっとわたしも歳《とし》を取ったんだなあ）

水曜の朝八時半、鏡の前で身支度を終えた佐和は、出勤するために廊下に出る。

するとほぼ同時に隣の部屋のドアが開き、手にゴミ袋を持った小野が出てきた。

「おはようございます」

朝からイケメンの顔を拝めて内心うれしくなりつつ、佐和は表向きは澄まして「おはようございます」と答える。

今日の小野は黒いVネックのカットソーにスラックスというシンプルな服装で、しなやかな体型を引き立てていた。午前八時半でこの恰好《かっこう》ということは会社員ではなく、やはり大学生なのだろう。

そう考えながらパンプスのヒールを鳴らしてエレベーターに向かい、佐和は徒歩五分のところにある地下鉄の駅に向かう。

勤務先は街中にあり、最寄《もよ》り駅の中島公園駅からは南北線《なんぼく》一本で行けた。通勤時間は二十分程度で、佐和は朝九時前に職場である朝倉出版に到着する。

「おはようございます」

「おはよう」

朝の社内はどことなく緩い雰囲気で、デスクで朝食代わりの野菜ジュースを飲んでいる者や数人で集まってお喋《しゃべ》りしている姿が目についた。

朝倉出版は北海道の魅力を発信することを理念とする会社で、各種出版物の企画編集、制作、発行、広告やマーケティング計画の立案と運営、イベント事業の企画などを主に行っている。

社員数は百名ほどで、編集者となって六年目になる佐和が所属しているのは、広告営業部企画制作グループだ。月刊のタウン情報誌〝ease〟の制作を行う編集部で、地域の新店情報やグルメ、美容、イベントに関する内容を掲載している。

編集会議から始まって取材と撮影、原稿の執筆から校正まで関わっているために毎日多忙だが、大きなやりがいを感じていた。自分のデスクでパソコンの電源を入れていると、同僚の奥川知世《ともよ》が声をかけてくる。

「永岡、おはよう」

「おはよ」

「聞いた？　今日から入社内定者を集めて研修があるそうなんだけど、四月からうちの部署にも新人が一人来るらしいよ」

佐和が眉を上げて「そうなの？」と問い返すと、彼女はわくわくした顔で言う。

「総務部と業務管理部、広告営業グループと、それから企画制作グループだって。どうせなら男子がいいよねえ」

「あのね、今はそういうのはセクハラって言われちゃうんだから、思ってても口に出しちゃ駄目だよ。それに奥川には彼氏がいるでしょ」

「彼氏とは別だよ。日々殺伐とした職場で、ちょっとくらい癒やしがあったらいいなーと思うの、普通じゃない？」

「うーん」

いまいちピンとこなかった佐和だが、そこでふと朝、マンションの廊下で会った隣人の小野のことを思い出してつぶやく。

「確かに癒やしがあるのはいいね。別に何するわけじゃないけど、姿を見るだけで『いいもの見たなあ』って思えるとテンション上がるもん」

「えー、何の話？」

佐和が「実はね」と小野のことを話すと、奥川が食いついてくる。

「へえ、お隣にイケメンが住んでるなんてうらやましい。どさくさ紛れに接近できそうじゃん、チヤンスだよ」

「そんなのはしないよ。あくまでも見てるだけ、心のオアシス的な」

「勿体《もったい》なーい」

やがて朝礼が始まり、上司から伝達事項などが伝えられたあと、仕事に取りかかる。

佐和が今手掛けているのは、ファッションとグルメの複数の記事だ。まずは写真の構図のラフスケッチを作成し、レイアウトも含めて上司からOKをもらう。そしてネットを開き、イメージに合う商品を扱う市内の店舗をいくつかピックアップした。同時進行でカメラマンのスケジュールを押さえ、一段落して息をついた佐和はコーヒーを淹《い》れるために給湯室に向かう。

(このあとはピックアップしたお店に交渉して、掲載許可を取らないと。直接店舗にお邪魔して商品の現物を確認したいし、忙しくなりそう)

そんなことを考えながらコーヒーマシンに自分のカップを置いたところで、人の気配がする。

何気なく振り向くとそこには元彼の緒方が立っていて、佐和は思わず顔をしかめた。すぐに視線をそらし、ブレンドのボタンを押してコーヒーを注いでいると、彼が「なあ」と話しかけてくる。

「何でそんなつんけんするんだよ、感じ悪いな」

「別に、これが普通の顔ですけど。何かご用ですか」

あえて敬語を使うのは、緒方がeaseの編集デスクだからだ。

五歳年上で仕事ができる彼を、以前は尊敬していた。服装もおしゃれで、仕事柄あちこちの店を知っている緒方は、佐和にとって一緒にいて心地いい相手だった。

だが浮気されて別れを選択し、その直後に彼の新しい彼女である嶋田をいびっていたという噂が立ったために、周囲から遠巻きに見られる羽目になっている。

それもこれも、すべて目の前の緒方のせいだ。そう思うと愛想のいい態度など取れるわけもなく、佐和が無表情にコーヒーが注がれる様子を見つめていると、彼が思いがけないことを言う。

「お前に話があったんだけどさ」

「何でしょう」

「俺たち、よりを戻さないか？」

佐和は目を見開き、緒方に視線を向ける。そしてつい素の口調になってつぶやいた。

「……は？」

彼と別れたのは、一ヵ月前だ。浮気した理由を「アラサーのお前より、若い子のほうがいいからだ」と開き直り、ろくに謝りもしなかったくせに一体何を言っているのか。

佐和はそんなふうに考え、顔を引き攣《つ》らせて答える。

「何言ってるの、全然笑えないんだけど」

「お前と別れて美紀とつきあい始めたら、あいつ結構我儘《わがまま》でさ。とにかく高いプレゼントばかりねだってくるし、食事も居酒屋にしたら嫌がるし、こっちがちょっと向こうの意見に難色を示したら『私のこと好きじゃないんですか』『年上で頼りがいがあると思ったから、和志さんとつきあってるのに』って不貞腐《ふてくさ》れて、もううんざりなんだよ。あれだな、やっぱ若いだけなのは駄目だ。身体《からだ》はともかく、中身が空っぽで話してて疲れる」

ベラベラと好き放題に喋った緒方が、「だから」と言ってこちらを見る。

「俺にはきっと、佐和のほうが合ってるんだよ。お前は何だかんだで俺に合わせてくれて、言動が落ち着いてる。金銭感覚もしっかりしてて、全然物をねだったりしないだろ？　浮気したのは気の迷いで、謝るよ。ごめん。だから俺とやり直そう」

話を聞いているうちに、佐和の中にじわじわと怒りがこみ上げてくる。

彼はどこまで勝手な発言を繰り返す気なのだろう。浮気をしてこちらを捨てておきながら、すぐにまた元に戻れると思っている。しかも謝罪の言葉も至って軽く、こちらがまだ緒方を好きでいる前提で話しているのが腹立たしくてならない。

深く息を吐いた佐和は緒方に向き直り、彼を正面から見つめる。そして冷笑を浮かべながら口を開いた。

「何を言うかと思ったら、もしかして寝惚《ねぼ》けてるの？　わたしをアラサーのおばさん扱いして捨てたのは、どこのどちら様でしたっけ」

「だから、それについては謝ってるだろ」

「『ごめん』の一言で済まされると思ってるの？　そもそもわたしがまだあなたを好きな前提で話してるの、ほんっと不愉快なんですけど。別れた女がいつまでも自分のものだって思ってるなら、恥ずかしいから認識を改めたほうがいいよ」

辛辣《しんらつ》な佐和の言葉を聞いた緒方の頬にじわりと朱が差し、気分を害したように言う。

「お前、相変わらず口が減らないな。少しくらい男を立てるとか考えたらどうだ」

「相手が男だからって、何で無条件に立てなきゃならないの。相手に尊敬できるところがあればのずと丁寧な態度を取るけど、あなたはそうじゃないでしょ。浮気をしたくせに謝らずに開き直る、相手に飽きたらこっちに不満を垂れ流す、おまけに『よりを戻してやる』なんて上からな態度を取る人なんて、悪いけど欠片《かけら》も尊敬できない。謹んでお断りします」

佐和は「それに」と言葉を続け、駄目出しのように付け足した。

「わたし、もう他につきあってる人がいるから。あなたに復縁を迫られても応じられない」

すると緒方が「はあ？」と言い、ムッとした顔でこちらを見る。

「お前、俺と別れて一ヵ月で彼氏を作るなんて、早すぎやしないか」

「わたしとつきあっている最中に他に彼女を作った人が、何を言ってるの。あなたのは不誠実な行動だけど、わたしはフリーになってからなんだから、何の問題もないでしょ」

本当は新しい彼氏などいないが、これは彼に対する見栄だ。とにかく復縁など絶対にないということを印象づけるため、佐和は緒方に嘘をつく。マグカップを手に取りながら、佐和はニッコリ笑って言った。

「そういうことなので、改めて復縁の申し出はお断りさせていただきます。失礼」

「……っ」

慇懃無礼《いんぎんぶれい》に告げて彼の脇を通り過ぎ、佐和はオフィスの自分の席に戻る。

パソコンに向かって仕事を再開しながら、ムカムカが収まらなかった。自分が緒方に都合のいい存在として扱われている事実に、腹が立つ。あの程度の男にしか構われない自分に、苛立《いらだ》ちでいっぱいになっていた。

(こうなったら、婚活とか始めちゃおうかな。まだ二十代だし、もしかしたらいい出会いとかあるかも)

その後、オフィスに戻ってきた緒方が自身の席からときどき刺すような視線を向けてきて、佐和は怒りをおぼえた。

こちらには彼の復縁要請を断る権利があり、そもそも浮気が原因で別れているのだから論外なはずなのに、なぜあんな視線を向けてくるのだろう。だが表情に出しては負けだと考え、意地でポーカーフェイスを作る。

そんな状態で一日仕事をすると、すっかり疲れていた。午後五時半に退勤し、地下鉄に乗る。三駅目で降りて地上に出ると、冷たい雨が降っていた。

（えっ、嘘。今日は雨の予報じゃないし、さっき会社を出たときは何ともなかったはずなのに）

しかもバッグの中を確認すると、折りたたみ傘が入っていない。

駅の傍《そば》にはコンビニがあるものの、わざわざ買うのは何だか癪《しゃく》だ。自宅にはそうして購入した傘が既に六本もあり、収納スペースをだいぶ圧迫しているためにこれ以上は増やしたくなかった。

ならばもう、自宅まで濡《ぬ》れて帰るべきだろうか――げんなりしながらそう考えていると、ふいに隣に誰かが立つのがわかり、佐和は何気なく視線を向ける。

するとそこに立っていたのは、隣人の小野だった。彼はスーツを着ており、雨が降りしきる空を見上げたあと、手にしていたビジネスバッグから折りたたみ傘を取り出す。

そして開こうとした瞬間にこちらと目が合い、「あ」とつぶやいた。

「……っ」

佐和は狼狽《ろうばい》し、気まずく視線をそらす。

この状況で小野に挨拶するのは、まるで傘が目当てのようで嫌だった。今日の緒方とのやり取りといい、突然の雨といい、気が滅入《めい》ることばかりで嫌になる。

（ほんと、今日はついてない。帰ったらビールでも飲もう）

酒を飲んで酔っ払えば、きっと嫌なことを考えずに眠れるに違いない。

そう考え、小野には気づかないふりで雨の中を歩き出そうとした瞬間、「あの」と声が響く。

「お隣の方ですよね。よかったら一緒に傘に入りますか」

「えっ」

彼はいつもの無造作な髪型ではなく、スーツに合わせて整髪料でセットしていて新鮮だ。

真新しいスーツは小野の整った顔を引き立てているものの、着慣れていないのが如実に出ていて、少し浮いている感じも否めなかった。佐和は突然の申し出に慌てながら答える。

「そんな、ご迷惑ですから」

「もし一緒に入るのが嫌なら、一人で使ってください。使い終わった傘は、俺の家の玄関のところに立て掛けておいてくれればいいんで」

淡々と告げた小野が傘をこちらに押しつけ、「じゃあ」と言って雨の中をスタスタと歩き出そうとする。佐和は慌てて彼の腕をつかんで引き留めた。

「ま、待って。そちらが濡れてしまいますから」

「いいですよ、ちょっとですし」

「わ、わたしもちょっとですから！」

何しろ同じマンションに住んでいるのだから、歩く距離は同じだ。そう考えつつ佐和は小野の腕をつかむ手に力を込め、彼を見つめて告げた。

「お気遣いありがとうございます。そちらこそお嫌でなければ、一緒に帰りましょう」

「いいんですか」

「はい」

小野が傘を持ってくれ、駅から徒歩五分のマンションに向かって歩き出す。

雨は一向に止《や》む気配がなく、歩道のあちこちに大きな水溜《みずた》まりを作っていた。水面に落ちる雨粒が大小の波紋を広げ、道の脇に積もっている溶けかけの雪山の残骸が泥で黒く汚れている。

パッと見は細身で幾分小柄に見える彼だが、こうして並んでみると身長が一六〇センチの佐和より頭半分ほど高かった。辺りはもう暗く、街灯の光が足元を照らしている。

佐和は気まずさを誤魔化すように口を開いた。

「今日はスーツなんですね。てっきり学生さんかと思ってました」

「まだ大学生ですよ。でも来週卒業式で、四月からは就職が決まっています。今日は内定者研修で、来月から働く予定の企業に行っていたんです」

そういえば今朝、同僚の奥川がそんなようなことを話していた。佐和はそんなふうに考えながら、笑って言う。

「うちの会社も、今日は入社内定者を集めて研修があったみたいです。そういう時期なんですね」

「はい」

小野が現在大学四年生で来月から新社会人だと思うと、何だか新鮮な気がした。

何となくスーツを着慣れていないのも頷《うなず》け、微笑《ほほえ》ましさをおぼえる。

(新卒か。いいな、初々しくて)

入社六年目の佐和からすると、感覚的にはかなり前の話だ。つまり隣を歩く彼とは六歳の差があることになり、自分の年齢を改めて意識する。

そうこうするうちに、行く手に自宅マンションが見え始めていた。同じところに住んでいる誼《よしみ》でこうして傘に入れてもらったが、本来なら知らぬふりでスルーされる話だ。むしろ佐和のほうがそうしてやり過ごそうとしていたにもかかわらず、小野はわざわざ声をかけて傘をシェアしてくれた。

よく見るとこちらが全身入るように気を使ってくれていて、彼は小さな折りたたみ傘から左肩がはみ出し、雨に濡れている。それを見た佐和は胸がきゅうっとし、思わず小野を見上げて言った。

「あの、このあとお時間ありますか。何か用事があったりとかは」

「いえ、何もないですけど」

「もしよかったら、傘のお礼に夕食を奢《おご》らせていただきたいんですけど」

すると彼が目を丸くしてこちらを見下ろし、問いかけてくる。

「いいんですか?」

「はい。あ、お酒は飲めます？」

「飲めます」

それを聞いた佐和は、マンションから徒歩数分のところにある居酒屋に小野を誘う。

そこは普段から一人で訪れている店で、料理と酒の種類が豊富だった。引き戸を開けると顔馴染《かおなじ》みの大将が「いらっしゃい」と言い、女将《おかみ》が声をかけてくる。

「佐和ちゃん、今日はお連れさんがいるのね。珍しい」

「マンションのお隣の人なんです」

「あら、そう。いらっしゃいませ」

店内は既に二組の客がいて、佐和と小野はテーブル席に座る。飲み物のメニューを差し出し、佐和は彼に問いかけた。

「何飲みます？　わたしはビールにしようかな」

「じゃあ、俺も同じもので」

中ジョッキを二つ注文し、乾杯する。

何口かを飲み干し、ホッと息をついた。小野を見ると彼も同じくらい飲んでいて、「結構いける口なのかな」と思う。料理のメニューを眺めた小野が、感心したようにつぶやいた。

「メニューが豊富なんですね。美味《うま》そうだ」

「あっちの黒板にも、今日のお勧めが書いてあります。好きなの頼んでくださいね」

せせりの塩焼きやタラのフライにタルタルソースを添えたもの、豆腐《とうふ》と水菜のじゃこサラダ、明太子と大葉のオムレツなどを頼むと、女将が去っていく。佐和は彼に問いかけた。

「来月から就職するって言ってましたけど、そのためにこっちに引っ越してきたんですか？」

「実家が北区《きた》で職場からだいぶ遠いので、引っ越したんです。実家からだと通勤に一時間くらいかかる距離なんですけど、ここからは二十分で行けるので」

「あ、なるほど」

通勤時間が二十分ということは、小野の就職先も街中なのかもしれない。

向かいに座る彼を改めて見つめると、本当に顔立ちが整っているのがわかった。きれいに通った鼻筋と涼やかな目元、薄い唇が形作る容貌は見惚《みと》れるほどで、肌もきれいだ。髪型は新卒らしく清潔感のある長さに整えられており、座っているときの姿勢もいい。

小野がビールを飲みながら口を開いた。

「永岡……さんは、あのマンションに住んで長いんですか」

「三年くらいになるかな。あそこは築年数こそ二十五年だけど、中はきれいにリフォームされてるし、駅から徒歩五分の距離が魅力なんだよね」

「俺もその点が魅力で、あの部屋に決めました」

彼は箸の使い方がきれいで、パッと見は小食そうに見えるのに旺盛な食欲を見せる。酒のピッチもなかなか速く、それを目の当たりにした佐和は次第に楽しくなってきた。ビールを三杯飲み、日本酒に切り替えた頃にはだいぶ打ち解けてきて、口調もざっくばらんになる。

「へー、Ｈ大の経済学部に通ってるんだ。頭いいんだね」

「バイトをしまくっていたので、勉強と両立させるのが大変でしたけど」

「実家暮らしなのにバイトをしてたの？」

「いろいろやってました。飲食店のアルバイトを四年間と、他に塾の夏期講習の短期バイトや、音楽フェスの当日スタッフとか。音楽好きなのでライブに行きたかったのと、就職するときは独り暮らしをしようと決めていたので、そのお金を貯《た》めていたんです」

「すごいね」

今回新生活に関わるものは、親から炊飯器しか買ってもらっていないといい、若いのに経済観念がしっかりしている小野に佐和は素直に感心する。

彼はハイボールを飲んでいて、使用済みの皿を重ねたりと几帳面なところを見せていた。佐和は笑い、手酌で日本酒を注ぎながら言う。

「小野くんが引っ越してきたとき、『今どきの男の子だ』って思ってたんだ。温度が低そうで、不愛想なのかと思いきや、廊下で会うたびにちゃんと挨拶してくれていい子だなーって」

「ずいぶん俺を子ども扱いしますけど、永岡さんはいくつなんですか」

小野の問いかけに、佐和はきゅうりの浅漬けを咀嚼《そしゃく》してから答える。

「二十八歳。小野くんの六歳上だね」

「見た目的に、もう少し若いのかと思ってました」

「えー、ほんとにそう見える？」

褒め言葉と捉え、気をよくした佐和は笑顔で言う。

「小野くんみたいに若い子にそう言ってもらえて、すっごくうれしい。ね、ハイボールなんか飲んでないで、一緒に日本酒飲もう。すみませーん、お猪口《ちょこ》もうひとつください」

「いや、俺は」

彼は固辞しようとしたものの、お猪口に注いでやると仕方なさそうに口に運ぶ。

だが本当は苦手だったらしく、次第に酔いが顕著になってきた。顔色はそう変わらないものの動きが緩慢になり、話し方もゆっくりになっている。

佐和は鮪《まぐろ》の刺身に山葵《わさび》を付けながら問いかけた。

「来月から就職だけど、結構心配なこととかあるんじゃない？　わたしでよければ相談に乗るよ」

これでも社会人六年目なのだから、それなりの経験値がある。すると小野が少し考え、ボソリとつぶやいた。

「心配なことはないんですけど……社会人になる前にやっておけばよかったって思うことはあります」

「何？」

「童貞なんです、俺」

思いがけない告白に、佐和は思わず目を丸くする。彼に視線を向けると、アイドルめいた整った顔立ちで見つめ返され、ドキリとした。内心動揺しながら、笑って告げる。

「もう、冗談でしょ。小野くん、その顔だったら余裕で彼女できるよね？」

「一緒に遊ぶような女子はたくさんいましたし、『つきあってほしい』って言われたことも何度もありますけど、なかなかその気になれなくて。無理に作らなくてもいいんじゃないかと考えているうちに、大学時代が終わってしまいました」

そんなことがあるのだろうか。

十代後半から二十代前半の男子といえばやりたい盛りで、チャンスがあれば気軽にそういう関係になるものだと思っていた。だがこれまで話した印象では小野はとても真面目で、マイペースな部分がある。ならば「恋愛感情がない相手とはつきあえない」と考えても何ら不思議ではなく、佐和は言葉を選びながら言った。

「ええと……何ていうか、あまり思い詰めないほうがいいんじゃないかな。そういうのって他の人がしてるからっていう理由でするものじゃないし、せっかく今まで大事にしてきたんだから、適当なことをしたら勿体ないっていうか」

するといおのがふと我に返った顔で、片方の手で口元を押さえる。

その頬がじんわりと赤らんでいき、佐和は目を丸くした。彼が目を背け、ボソリとつぶやく。

「すみません。俺、酔ってるのかな。……何言ってるんだろう」

「………」

「今の発言は、忘れてください。明日は平日で永岡さんも仕事なんですから、そろそろお開きにしましょうか」

先ほどの〝童貞〟発言はオフレコだったのか、小野がそう提案してくる。

思いがけず彼の素の表情が見られ、佐和は新鮮な気持ちでいっぱいだった。二十二歳で童貞である事実に恥ずかしさをおぼえていること、そして酔った勢いでつい口にしてしまったのが可愛らしく、抱きしめたくなる。

(年下の男の子って、こんなに可愛いんだ。小野くん、ピュアで真面目で、いつものクールな感じとのギャップがすごい)

会計を済ませ、店の外に出る。

時刻は午後八時半で、既に雨は止んでおり、ひんやりと湿り気を帯びた夜気が全身を包み込んだ。

小野がこちらを振り向き、折り目正しく頭を下げてくる。

「永岡さん、すみません。ご馳走さまでした」

「あ、ううん。こちらこそ傘に入れてもらったんだから、おあいこだよ」

自宅マンションまでは徒歩三分の距離で、大きな水溜まりができた道を並んで歩く。

気がつけばだいぶ飲んでしまっていて、ふわふわとした酩酊《めいてい》が心地よかった。先ほどから彼はうつむきがちで歩いていて、気まずさをおぼえているのがわかる。

マンションの前まで来たところで、佐和は小野を見上げて「ねえ」と声をかけた。

「さっきの話、小野くんは『忘れてください』って言ってたけど、無理だよ。今どきこんな古風な子がいるんだってすごく新鮮な気持ちになったし、可愛いなって思っちゃった」

「…………」

「でも、馬鹿にする気は全然ない。酔った勢いで言ったってことは、ずっとコンプレックスで気にしてたんだよね？　だったらわたしが練習台になるのはどうかな」

「えっ」

「セックス、してみたくない？」

彼がまじまじとこちらを見つめ、「何言って……」とつぶやく。

それを目の当たりにした佐和は、頭の隅で「やっぱり整った顔をしてるな」と考えつつ、再び口を開いた。

「わたしはちょうど彼氏がいないし、都合がいいでしょ。もちろん一回したからってつきあうとかはないし、まあいわゆるスポーツ的な」

「スポーツ……」

「一度経験することで自信が持てるなら、万々歳じゃない？　後腐れなくできるんだもん、ラッキーだよ」

佐和は隣人の小野に、俄然興味が湧いていた。

これだけ容姿が整っていて偏差値の高い大学に通い、性格もしっかりしている青年が、性に関することでコンプレックスを持っている。佐和のほうもそう経験が多いほうではなく、つきあった相手は緒方で二人目だが、彼に指南するのは造作なかった。

（まあ普通にするだけだし、たまにはわたしがリードするのも楽しそうだよね。こんな機会がなければ、年下と抱き合うなんてことはなさそうだし）

こんなぶっ飛んだことを考えてしまうのは、おそらく自分もかなり酔っているからだろう。

普段の佐和は派手めな見た目に反し、身持ちが堅い。しかし今は日本酒で酩酊し、正常な思考ができていないのを感じる。

突然の申し出に、小野はひどく迷っているようだった。彼を見上げ、佐和はあっけらかんとした口調で言う。

「迷うくらいなら、やったほうが後悔はないよ。じゃあ早速行こっか」

「えっ」

「小野くんの家。入れてくれるでしょ？」


十二階建てマンションの六階の奥まで、腕を組んで歩く。

彼が鍵を開けて入った室内は、スタイリッシュに整えられていた。自分のところと同じ間取りとは思えないほどすっきりした部屋を眺め、佐和は感心してつぶやく。

「すごーい、きれいにしてるんだね」

その瞬間、後ろからぐいっと肘の辺りをつかまれ、心臓が跳ねる。こちらを見下ろした小野が、真剣な表情で問いかけてきた。

「永岡さん、本当にいいんですか」

「えっ？」

「こんなふうに俺の家まで来てヤるなんて、本気ですか？　やめるなら今ですよ」

彼がこちらに気を使ってくれているのがわかり、佐和は「ふふっ」と笑う。

小野の真面目さを好ましく思いながら、自分より頭半分ほど背が高い彼を見つめて答えた。

「やめないよ。わたしのほうから提案したのに、そんなのおかしいでしょ」

「でも――」

「黙って」

佐和は小野に身体を寄せ、彼の唇に自分のそれを押しつける。

触れるだけで一旦離れると、小野はどこか呆然《ぼうぜん》とした顔をしていた。もう一度触れ、今度は舌先で唇の合わせをなぞる。そしてうっすら開いたそこから口腔《こうこう》に押し入り、彼の舌を舐《な》めた。

「ん……っ」

呼気から日本酒の匂いが香り、互いに酔っているのがわかる。

ゆるゆると舌を絡ませる動きに、小野が遠慮がちに応えてきた。それがうれしく、佐和はますます大胆に舌を絡めていく。

「……っ……ふっ、……は……っ」

ぬめる表面を擦り合わせ、ときおり強く吸う。

舌先で側面をなぞったり、裏側を刺激すると、彼の眼差《まなざ》しに次第に余裕がなくなってきた。唇を離した途端に互いの間を透明な唾液が糸を引き、佐和は濡れた唇を舐める。そして小野のスーツの胸元に触れた。

（あれ、意外に胸板しっかりしてる。もしかして結構筋肉質？）

さわさわと胸元を撫《な》で回す動きに、彼が押し殺した声で言う。

「何してるんですか……、うっ」

乳首の辺りを爪で引っ掻《か》いた途端、小野がビクッと身体を震わせる。

シャツ越しにもそこが硬くなるのがわかり、敏感な反応に佐和はゾクゾクした。女を知らないこの身体を、早くこの手で暴きたくてたまらない。そんな衝動がこみ上げ、ニッコリ笑って言った。

「寝室行こうか。ドア、開けていい？」

「……はい」

寝室にはナチュラルなテイストのシングルベッドとチェストがあり、白を基調としつつ観葉植物の緑やネイビーのリネンがアクセントになっていた。

ベッドの下にはラグマットが敷かれ、スタイリッシュでありながらくつろげる雰囲気だ。随所に彼の美意識の高さを感じながら、ベッドに腰掛けた佐和は小野の手をつかんで言う。

「――触って」

「……っ」

「わたしの身体、好きにしていいよ」

彼の手は大きく、指が長くて繊細な印象だ。

それを自身の胸元に誘導すると、ふくらみをやんわりと握り込まれる。遠慮がちに揉《も》みしだきながら、小野がボソリとつぶやいた。

「柔らかい……」

彼の腕をぐいっと強く引き、佐和はベッドに仰向けに横たわる。

上に覆い被《かぶ》さる形になった小野は、既に余裕のない表情をしていた。彼の手がカットソーをめくり上げ、ブラに包まれた胸のふくらみがあらわになる。身を屈めた小野の唇が触れると、その感触とかすかな吐息に肌が粟立《あわだ》つのがわかった。

何度かついばむように口づけ、カップをずらされる。すると胸の先端があらわになり、外気に触れてすぐに硬くなった。

「ぁ……っ」

舌先でつつかれ、濡れた感触に思わず身体を震わせる。

乳暈《にゅううん》をぬるぬると舐めたあとで吸いつかれ、じんとした甘い愉悦が広がっていった。先端を舐め続けながら、彼の手がもう片方の胸に触れる。指で弄《いじ》られるとそこはたやすく硬くなり、少し強めに摘まれるだけで声が出た。

「は……っ、ぁ……っ」

舌の表面のざらつきが何ともいえない刺激となり、佐和は落ち着かず足先を動かす。

小野の端整な顔が自分の胸に伏せられている様子は、とても煽情的《せんじょうてき》だった。腕を伸ばして頭に触れてみると、整髪料で少しごわついているものの髪質自体は柔らかい。佐和はささやくように言った。

「脱がせて……」

彼の手が背中のホックを外し、一気に締めつけが緩む。

ブラとカットソーを脱がされると幾分心許ない気持ちになったものの、小野が再び胸を愛撫《あいぶ》してきて考える余裕がなくなった。

「は……っ……ぁ……っ……」

ふくらみをつかんで口づけ、尖《とが》った先端をじっくり舐められる。

舌先でチロチロとくすぐったり、ざらつく表面で押し潰したり、ちゅっと音を立てて吸い上げられたりと、思いのほか巧みなその動きに佐和は息を乱した。

（初めてのはずなのに、小野くん、ひょっとして上手い……？）

小野はこちらの反応を見ながら、愛撫の仕方を変えているようだ。

それに気づいた佐和は、童貞に乱されている状況にプライドが傷つき、彼の動きを押し留《とど》める。

そして小野の顔を両手でつかみ、自ら口づけた。

「……っ……は……っ」

大胆に舌を絡めつつ、目を開けて彼の様子を観察する。

間近でみる小野の顔はやはり整っていて、瞳の奥に欲情が燻《くすぶ》っているのに気づき、ゾクゾクした。

覆い被さった下半身に硬い感触があるのがわかり、わざと腰を押しつけてささやく。

「硬くなってる……触ってあげようか」

「……っ」

手を伸ばして股間に触れると、スラックスの下ですっかり昂《たか》ぶったものがピクリと震える。

彼がわずかに息を詰め、愛撫にまったく耐性のないその様子を見た佐和は興奮していた。指先で屹立の形をそろそろとなぞりつつ、キスを続ける。すると小野の手がこちらの太ももに触れ、ささやくように言った。

「……下」

「えっ？」

「下も脱いで、見せてくれませんか」

押し殺した声には隠しきれない興奮がにじんでいて、佐和はドキリとしながら頷く。

彼が一旦上からどき、佐和は自身のスカートに手をかけた。ホックを外して脱いだあと、ストッキングも取り去る。下着一枚になったところで、小野に向かって問いかけた。

「えっと、これも脱ぐ？」

「はい」

気恥ずかしさをおぼえながら下着も脱ぎ、一糸纏《まと》わぬ姿になる。彼がこちらの裸体を見つめてつぶやいた。

「きれいですね、永岡さんの身体」

「あ……っ」

覆い被さりながら小野の手が脚の間に触れ、恥毛を撫でる。

そのまま花弁に触れてきて、太ももがビクッと震えた。緩やかに合わせをなぞった彼が、ふと気づいたように言う。

「これって、少し濡れてますか」

「う、うん。そうかも」

胸への愛撫とキスで、佐和はすっかり興奮していた。

改めて指摘されると羞恥《しゅうち》がこみ上げ、頬が熱くなるのがわかる。居心地悪く脚を閉じようとしたものの、小野の身体があってそれがままならない。

彼の指がゆるゆると花弁をなぞり、愛液がますますにじみ出るのがわかった。ぬめりを帯びた指が敏感な花芯をかすめ、甘い愉悦がこみ上げる。芯を持って尖ったそこを撫でつつ、彼が問いかけてきた。

「硬くなってる……気持ちいいですか」

「……ぁっ……」

答えられずにいると、小野の指が花弁の下のほうに滑り、蜜口に浅く埋まる。

途端にくちゅりと粘度のある音が響き、中がきゅうっと窄《すぼ》まった。入り口をくすぐるように動いた指が、徐々に埋められていく。たったそれだけの動きで甘い愉悦がこみ上げ、佐和は喘《あえ》いだ。

もっと刺激が欲しいのに、どこか遠慮がちな動きがもどかしい。だがそれがますます興奮を煽《あお》り、しとどに濡れていくのを止められなかった。

やがて小野の指が根元まで埋まり、隘路《あいろ》で抽送《ちゅうそう》しながらつぶやいた。

「中、すごく狭い……こんなに濡れるんですね」

「あっ……はぁっ……」

柔襞《やわひだ》を捏《こ》ねられるたびに淫《みだ》らな音が響き、佐和は次第に余裕をなくしていく。

彼の硬い指の感触、熱を孕《はら》んだ視線に、どうしようもなく乱されていた。経験のない小野の前で痴態を晒《さら》しているのが恥ずかしい反面、もっと煽ってやりたくてたまらなくなる。

中に挿《い》れる指の本数を増やされ、動きが少し大胆になってきた。それでも乱暴ではなく、興奮しながらも最大限にこちらに気を使っているのが伝わってきて、佐和の胸がきゅうっとした。

(あ、どうしよう、わたし……)

自分は小野のことが、かなり好みかもしれない。そんなふうに考えながら、佐和は彼の腕をつかんで言う。

「も、いいから、挿れて……」

それを聞いた小野が、「でも」とつぶやく。

「避妊具がないので、最後まではできません」

「あるよ。わたしのバッグ、取ってきて」

彼がベッドを下り、リビングに落ちていた佐和のバッグを取ってくる。中にあるポーチから避妊具を取り出すと、小野が何ともいえない顔で言った。

「そんなの持ち歩いてるんですね」

「ちょっと前まで彼氏がいて、そういうのに結構ルーズな人だったから。自衛の意味で持ってたの」

「そうですか」

彼は手の中の避妊具を戸惑った表情で見つめていて、佐和はそれを取り上げながら告げる。

「わたしが着けてあげる」

「えっ」

「下、脱がすね」

小野のベルトのバックルに手をかけ、前をくつろげる。

ファスナーを下ろすと、充実した昂ぶりが下着越しに存在を主張していてドキリとした。下着を引き下ろすと弾《はじ》けるように飛び出し、佐和は目を丸くする。

（すごい、おっきい……）

パッと見は細身の体型に見えるのに、彼の性器は想像以上に立派なもので、佐和はじわりと頬を赤らめた。

見るからに硬くなり、幹《みき》に太い血管を浮き上がらせている様子は、ひどく卑猥《ひわい》だ。そっと触れてみるとじんとした熱を感じ、思わず上擦った声でつぶやく。

「小野くんの、おっきいね」

「そうですか？」

「うん。それに、すごく硬い……」

張り詰めた幹をしごいた途端、小野がぐっと息を詰める。

普段は涼やかなその顔がわずかに紅潮しているのがわかり、佐和はドキドキした。このまま射精するところが見たいと思う反面、それではかわいそうだという気持ちもあり、避妊具のパッケージを破る。

裏表を確認したあと、先端部分を摘まんで空気を抜きつつ屹立に被せた。クルクルと広げながら根元まで着けて顔を上げると、ふいに彼が唇を塞《ふさ》いでくる。

「うっ……」

押し入ってきた舌が口腔を舐め尽くし、体温が上がる。

貪るようなその動きが身体の奥に熱を灯《とも》して、隘路がきゅんと疼《うず》くのがわかった。そのままベッドに押し倒され、小野の手が秘所を探る。

そこがまだ充分濡れているのを確かめた彼が、剛直を蜜口にあてがってきた。

「あ……」

先端が秘裂をなぞり、愛液でぬるりと滑《すべ》る。

蜜口を捉えるものの何度も外され、佐和はもどかしさに息を乱した。てっきり焦らされているのかと思いきや、どうやら上手く挿れられないらしく、屹立の幹をつかんで誘導する。

「いいよ。そのまま進めて……」

「……っ」

亀頭が蜜口にめり込み、強い圧迫感をおぼえる。

じわじわと幹を埋められていくにつれてその感覚が強くなり、思わず眉根を寄せた。浅く呼吸をし、佐和は身体の力を意図して抜く。根元まで深く挿入されると切っ先が最奥を押し上げ、肌がゾワリと粟立った。

（あ、やばい、これ……っ）

隘路を拡《ひろ》げる楔《くさび》の太さ、先端が子宮口にめり込む感触に目がチカチカするほど感じてしまい、佐和は息をのむ。

息を乱しつつこちらを見下ろした小野が、かすかに顔を歪《ゆが》めてぐっと強く腰を押しつけてきた。

「んぁっ！」

内臓がせり上がるような苦しさと、それを凌駕《りょうが》する快感に、佐和は背をしならせる。

こちらの腰をつかんだ彼が律動を送り込んできて、必死にその腕を押さえた。

「ぁっ、ま、待って……っ」

「……っ、待てません。永岡さんの中、気持ちよすぎる……」

「あっ、あっ」

ガツガツと余裕のない動きは童貞ならではで、佐和は受け止めるだけで精一杯になる。

小野が切羽詰《せっぱつ》まった眼差しで腰を打ちつけてきて、身体が揺れた。シングルサイズのベッドが軋《きし》み、佐和は嵐のような律動に翻弄《ほんろう》される。

「はっ……ぁっ、ん……っ……あ……っ」

「……っ」

（小野くんのが、奥まで届いてる。こんなおっきいので何度も突かれたら……っ）

気持ちよすぎて、きっとすぐに達《い》ってしまう。

そう思い、彼の手首を必死につかむものの、動きは止まない。佐和の身体を揺さぶりながら、小野が上擦った声でつぶやいた。

「永岡さんの中、すごい。狭いのに柔らかくて、ビクビク震えながら俺のを締めつけてくる……」

「あ……っ！」

両手を握り合わせ、シーツに縫いつけて覆い被さりつつ、彼がなおも腰を押しつけてくる。小野の首元のネクタイがこちらの胸に垂れ下がり、そんな感触にすら肌が粟立った。佐和は彼を見上げ、切れ切れに訴える。

「小野くん、待って。もう少しゆっくり……っ」

「でも永岡さん、痛がってませんよね？　滅茶苦茶濡れてますし、ほら、根元まで全部挿入る……」

「んん……っ」

確かに佐和の身体は小野の性器を根元まで受け入れ、溢れ出た愛液で接合部がぬるぬるになっている。

激しく揺さぶられ、肌がすっかり汗ばんでいた。互いの荒い呼吸が室内に響き、空気が濃密になっていて、佐和は涙がにじんだ目で自分を穿《うが》つ彼を見上げる。

酔いに任せて軽い気持ちで誘い、経験のある自分がリードするはずだったのに、すっかり小野に翻弄されていた。彼が持つ若い男性特有の雄っぽさ、普段のクールな様子とは違う顔に心惹《ひ》かれている。

小野が自分の中で快感を得ているのだと思うと、うれしさとも興奮ともつかない気持ちが胸に渦巻いていた。佐和は彼の首に腕を回し、その身体を引き寄せる。すると小野が唇を塞いできて、自らその舌を受け入れた。

「うっ……んっ、……は……っ」

熱っぽい舌を絡ませ、くぐもった声を漏らす。

相変わらず隘路を行き来する楔を意図して締めつけた途端、彼がぐっと息を詰めた。

「……っ、出る……っ」

押し殺した声が耳元でささやくのと同時に強く腰を押しつけられ、小野が最奥で達する。

薄い膜越しでも熱い飛沫《ひまつ》が放たれているのを感じ、ほぼ同時に達した佐和は、眩暈《めまい》がするような愉悦を味わった。二度、三度と射精したのが治まり、彼がぐったりと覆い被さってくる。その身体の重みを受け止め、佐和は早鐘のごとく鳴る心臓の鼓動を感じていた。

（どうしよう、瞼《まぶた》が重い……）

酔っている状態で激しい運動をしたため、頭がクラクラしていた。

疲労が全身に伝播《でんぱ》していき、指先を動かすことすら億劫《おっくう》になる。急激に意識が遠のくのを感じながら、佐和はそのまま深い眠りに落ちていた。

第二章

朝倉出版が手掛ける雑誌〝ease〟には、気楽さやくつろぎといった意味があり、市内のグルメやイベント、美容の特集など、二十代から三十代の男女をターゲットとした構成になっている。

編集者がそれぞれの企画を会議で擦り合わせて構成を決め、取材と撮影の手配、それに伴う予算とスケジュールの管理、原稿の執筆や校正業務などを行い、さらに写真の選定や誌面のレイアウト、印刷所とのやり取りなど仕事は多岐に亘っていた。

朝のミーティングで作業進捗《しんちょく》の報告を聞く佐和は、どこか上の空だ。昨夜の出来事を思い出すと、穴を掘って入りたいくらいに気持ちが落ち込んでいた。

(わたしの馬鹿。酔ってあんな若い子と勢いでヤっちゃうなんて、一体何を考えてるの)

昨日の夜、駅から出ようとしたときにたまたま隣人の小野が傘を貸してくれ、そのお礼として居酒屋に食事に誘ったのはごく軽い気持ちだった。

おそらく転機は、小野に日本酒を飲ませたときだろう。顔には出ていないものの彼はだいぶ酩酊していて、「実は童貞だ」と衝撃の告白をしてきた。

佐和から見た小野は容姿がかなり整っていて、つきあう相手に不自由しないように見える。それだけに童貞という事実が信じられず、あろうことか「わたしが練習台になるのはどうかな」と申し出て、勢いで身体の関係を結んでしまった。

（信じられない。いくら酔ってたって、言っていいことと悪いことがある。それなのにわたし、小野くんの家まで押しかけてあんな……）

酩酊していても記憶はしっかりしており、昨夜の一部始終を思い出した佐和は、会議の最中なのに頭が煮えそうになる。

これまで年下の男性とつきあったことはなく、しかも小野の反応がいかにも童貞らしい初々しいものだったため、つい調子に乗ってしまった。だが途中からは彼の熱っぽさに翻弄され、その勢いにすっかり感じさせられて、行為の余韻はまだ身体の奥に甘く燻っている。

目が覚めたときは朝の六時で、小野の腕に抱かれたままベッドにいた佐和は真っ青になった。自分の仕出かしたことに血の気が引いていき、そっとベッドを抜け出しておざなりに衣服を身に着けて隣の自宅に戻ったものの、シャワーを浴びて身支度するあいだもひどく動揺していた。

（ノリであんな行動をするなんて、小野くん、きっとわたしを軽蔑したよね。彼は初めてだったのに、最悪な経験になっちゃったかも）

気がつけばミーティングが終わっていて、立ち上がった佐和は自分のデスクに戻る。すると奥川が椅子のキャスターを滑らせながら近づき、こちらを覗《のぞ》き込んで言った。

「どうしたの、暗い顔して。もしかして二日酔い？」

「ああ、うん。確かに酔いも残ってるかも」

「〝も〟ってことは、他に何かあるの」

「うん。昼休みに話す」

とりあえずパソコンを開き、取材先に連絡をしたり誌面のレイアウトをしたりと、仕事をこなす。

昼休み、会社の近くの定食屋にランチに出掛けた佐和は、奥川に昨日の出来事を説明した。すると彼女が目を爛々《らんらん》と輝かせ、食いついてくる。

「えー、傘に入るように言ってくれるなんて、年下くん優しいじゃん。しかも『もし一緒に入るのが嫌なら、一人で使ってください』って言うの、すっごい男前」

「うん。それでお礼がてら、近所の居酒屋で一緒に晩ご飯どうですかって誘ったんだけど……そのあとシちゃって」

「は？」

「彼の……あー、お初をいただいちゃったっていうか」

するると彼女は唖然とし、混乱した表情で言う。

「ごめん、情報量多すぎてついていけてない。まずは一緒にご飯を食べて、飲んだってこと？」

「うん。結構飲める子で、でも日本酒が駄目だったみたい」

「それで？」

「顔には出てなくてもかなり酔ったみたいで、話の流れで『童貞なんです、俺』って告白されて、じゃあ……ってことに」

だいぶ話を端折《はしょ》って説明したところ、奥川がわくわくした表情で問いかけてくる。

「二十二歳で童貞って今どき珍しい～。いや、近頃は個人主義の草食系が多いっていうから、逆に珍しくないのかな？　で、どうだったの？」

「後悔しまくりだよ。だってわたしの歳でそんな若い子に手を出すなんて、いくら酔っててもありえないでしょ。時間が経つほど自己嫌悪に陥っちゃって」

自分の行動に後悔していると告げると、彼女が眉を上げて事も無げに言った。

「えー、別に気に病む必要なんてなくない？　だって未成年ならともかく成人してるんだし、彼のほうからしたら隣の家に住むお姉さん相手に初体験ができて、ラッキーじゃん」

「でもさ……」

「もう、気にしすぎ。逆にうらやましいよー、推しとできるなんて」

「推し……」

確かに昨日の出来事がある前までは、小野の存在は佐和の心のオアシスだった。

ときどき姿を見かけ、挨拶をするだけでうれしかったが、今後は極力顔を合わせないようにしなければならない。

(いっそあの家から引っ越したほうがいいかな。でも駅の傍で便がいいし、通勤もスムーズで場所的には最高なんだよね……)

深くため息をつき、目の前の和風ロールキャベツ定食をつつくと、奥川がにんまりして言う。

「私ならこのチャンスを逃さないけどなー。だって永岡、デスクと別れたばっかでフリーでしょ。たまには毛色の違う相手とつきあってみるのもいいんじゃない?」

「だから、つきあうとかそういうんじゃないんだってば。向こうだってそんな気はないだろうし」

その日は一日憂鬱な気分で過ごし、少し残業をして午後六時に退勤した。

昨日の雨でだいぶ雪解けが進み、歩道の脇に積もっていた雪の残骸も小さくなっている。街路樹の根元からふきのとうが芽生え始めていて、もう春なのだとしみじみ感じた。

最寄り駅で地下鉄を降り、自宅の近所の弁当屋で夕食を買う。コンビニで酎ハイとおでんを購入したあとにマンションのエントランスをくぐると、にわかに緊張した。

(家が隣って、やっぱ心臓に悪いな。前みたいに廊下ですれ違う可能性は充分にあるし)

エレベーターを六階で降り、小野の家の手前のドアの鍵を開ける。

自宅に入って玄関に施錠すると、ホッと息が漏れた。リビングに入り、電気を点《つ》けて買い物してきたものをテーブルに置く。今日の夕食は銀鱈《ぎんだら》の西京焼き弁当とカップおでんで、先ほど買った酎ハイは冷蔵庫に入れておき、代わりに缶ビールを取り出した。

プルタブを開けてぐいっと飲むと、泡の爽快さのあとにアルコールがじわりと胃に染み渡っていく。

(はー、美味《おい》しい。やっぱ仕事終わりはビールだよね)

まずはおでんから食べようと袋から取り出した瞬間、玄関のインターホンが鳴り、佐和は動きを止める。

そして「わたし、通販で何か頼んだっけ」と考えながら立ち上がり、モニターを確認した。

「……っ」

そこには小野の姿が映っていて、佐和はひどく動揺する。

彼と会って、どんな顔をしていいかわからなかった。一瞬居留守を使おうかと考えたものの、おそらく彼は壁越しの物音からこちらが在宅してるのがわかった上で訪れてきている。

(どうしよう、すっごく気まずい。でも出るしかないか)

そう決心し、インターホンの通話ボタンを押して「はい」と応える。

するとと小野がモニターのレンズを真っすぐに見つめて言った。

『隣の小野です』

「………」

『渡したいものがあるので、出てきてもらえませんか』

彼の言葉を聞いた佐和は、内心首を傾《かし》げる。

(渡したいものって、何だろう。お裾分けとか？　もう彼とは関わりたくないんだけどな)

だが断りきれず、「ちょっとお待ちください」と言って通話を切り、玄関に向かう。

ドアを開けると、黒のフーディーの下から白いオックスフォードシャツをチラ見せし、下はベージュのチノパンというカジュアルな服装の小野が立っていた。

佐和は落ち着かない気持ちで、ぎこちなく問いかける。

「えっと、何？」

「永岡さん、俺の家に忘れ物をしていたので、それを届けに来たんです」

「忘れ物って？」

手渡されたのは中身が見えないビニールの袋で、佐和は中身を確認する。すると昨日自分が着けていたブラがきれいに畳んで入っており、驚いてつぶやいた。

「これ……」

「今朝起きたら、床に落ちていたので。まさか気づいてなかったんですか」

――全然気づいていなかった。

朝起きたときに自分の置かれている状況に動揺し、おざなりに衣服を身に着けて自宅に逃げ帰ってからすぐにシャワーを浴びたため、まさかブラがないとは思っていなかった。

羞恥で顔から火が出そうになりながら、佐和は小さく「ありがとう」と礼を述べる。しかもよく見るとブラは洗濯されていて、柔軟剤のいい香りがしており、小野に向かって問いかけた。

「もしかして、洗濯してくれたの？　小野くんが？」

「俺以外に誰がいるんですか。朝のうちにちゃんと手洗いして、形を整えて陰干ししていたので、安心してください」

昨日まで童貞だったはずの彼が女の下着の扱いに慣れていることに、佐和はふと疑問を抱く。

そんな様子を小野がじっと見つめているのがわかり、ひどく居心地の悪い気持ちになった。どうやって話を切り上げようかと考えていると、彼が再び口を開く。

「今朝、何で黙って帰ったんですか」

「それは……会社があるからだよ。遅刻するわけにいかないし」

「へえ、俺はてっきり永岡さんが後悔してるのかと思いました。昨夜俺とヤったことを」

心臓がドキリと跳ね、佐和はブラが入った袋をぎゅっと胸元に抱える。

そして小野のほうを見ず、押し殺した声で答えた。

「……後悔しているよ。わたし、お酒に酔って調子に乗っちゃって、あんな形で小野くんとするべきじゃなかったと思ってる。こっちのほうが年上なのに……本当にごめんなさい」

「歳とかは、あまり関係ないと思いますけど」

「だって六歳も年上だよ？　せっかく今まで大事にしてたんだから、本当に好きな子ができたときにすればよかったのに――わたしは」

興味本位で彼を唆《そそのか》し、身体の関係を持った。

本来なら年上である自分が分別を持つべきだったにもかかわらず、勢いで手を出したのだ。それを聞いた小野が、あっさり言う。

「別に特別なポリシーがあって大事にしてたわけじゃないので、それは気にしなくていいんですけど。……でも正直酔ってて、あんまり記憶がないんですよね」

「えっ」

あんなにあれこれしたのに、覚えていないなどということがあるだろうか。

そう思ったものの、佐和は同時に「チャンスだ」と考えた。彼の記憶があやふやならば、これは昨夜のことは蒸し返さずに疎遠にするいい機会に違いない。顔を上げた佐和は、ぎこちない笑顔で告げた。

「そ、そっか。じゃあお互い、昨夜の件は事故みたいなものだって解釈でいいよね？　わたし、晩ご飯の最中だからこれで……」

「――待ってください。永岡さんは俺に、『わたしが練習台になるのはどうかな』って言いましたよね。それって今も有効ですか」

「えっ？」

「あんな一回だけじゃ、全然足りません。何しろ酔っててろくに覚えてないので、やったうちに入らないっていうか」

佐和は唖然として小野を見つめる。

彼は相変わらず端整な顔をしていて、クールな印象だ。だが話している内容はとんでもなく、狼狽して言う。

「な、何言ってるの。小野くんに記憶があろうとなかろうと、したことは事実でしょ」

「そもそもは永岡さんが、『来月から就職だけど、心配なこととかあれば相談に乗るよ』って言ったのが発端ですよね？　それで俺が社会人になる前にやっておけばよかったと後悔したこととして挙げたのが、童貞であることでした」

「う、うん」

「つまり昨夜の記憶があやふやな今の状態では、約束が履行されたわけではないことになる。違いますか」

まるで正論であるかのごとく屁理屈をこねる小野を前に、佐和の頬がみるみる紅潮していく。

彼の胸をぐいっと押し、玄関のドアに押しやりながら、語気を強めて告げた。

「悪いけど、あれは気の迷いだったから。素面《しらふ》でそんなことができるほど、わたしは厚顔無恥じゃないの。あの件は昨夜で完全におしまい、だからもう帰って」

「そっか。だったら永岡さんは、年下の童貞をまんまと弄《もてあそ》んで食い逃げしたってことですね」

小野の発言にぎょっとし、佐和は「は？」とつぶやく。彼が淡々と言葉を続けた。

「俺の初めてがそんな形なんて、悲しいな。トラウマになって、今後正常な男女交際ができないかもしれません」

「ちょ、ちょっと待って」

にわかに罪悪感を刺激され、佐和は小野の言葉を遮る。そしてモソモソとつぶやいた。

「別に、食い逃げしたわけでは……。今朝も急がないと会社に遅れると思ったから、寝ている小野くんを起こさずに自宅に戻っただけだし。別に弄ぶつもりなんて」

「じゃあ、やり直しをさせてくれますか」

彼の顔立ちは涼やかで、色事にはまるで興味がなさそうに見える。

だが昨夜抱き合ったときに押し殺した欲情が垣間見《かいまみ》えた様子は、壮絶に色っぽかった。それを生々しく思い出した佐和の身体の奥が、じんと疼く。

（どうしよう、わたし……）

これ以上関わるべきではないと思うのに、強く拒絶できない。かねてから小野に抱いていた好感が、一度抱き合ったことで確実に増殖しており、危機感が募る。

答えないのを了承と捉えたらしい彼が、佐和の腰を引き寄せた。そして顔を寄せ、唇を塞いでくる。

「……っ」

清潔な印象の薄い唇が触れ、すぐに離れる。

そっと目を開けると間近でこちらの反応を観察する視線に合い、ドキリとした。

「ぁ、……」

小さく声を漏らした瞬間に再び唇を塞がれ、小野の舌が口腔に押し入ってくる。

ゆるゆると絡ませる動きに強引さはなく、佐和の体温がじわりと上がった。何度も角度を変えて口づけられ、息継ぎのたびに甘い吐息が漏れる。手からブラが入った袋が滑り落ち、足元でバサッと音を立てた。

「――……」

その音をきっかけに唇を離し、互いに息を乱して見つめ合う。小野が佐和の濡れた唇に触れながら問いかけてきた。

「永岡さんの家に、入っていいですか」

「えっと……うち、すごく散らかってて」

「でしょうね。玄関を見ればわかります」

三和土《たたき》には靴が何足も乱れた状態で散乱していて、彼はとっくにそれに気づいていたらしい。

恥ずかしさにかあっと頬が熱くなるのを感じながら、佐和は言葉を続けた。

「あの、中はもっと汚いの。忙しさにかまけて普段全然掃除をしなくて、だから……」

だから、小野の家に移動したほうがいいのではないか。そう提案すると、彼がさらりと言った。

「俺はそういう部屋に耐性があるほうなので、全然気にしないんですけど。──永岡さんがそう言うなら、俺の家に移動しましょうか」

＊＊＊

永岡が「家の鍵を取ってくるから、ちょっと待ってて」と言い、リビングに姿を消す。

ドアを開けた瞬間にチラリと見えた室内は、案の定足の踏み場もない状態だった。玄関に佇《たたず》む小野奏多は、小さく嘆息しながら考える。

(何とか永岡さんとの繋《つな》がりを継続できてよかったな。あのままフェードアウトされるなんて、冗談じゃない)

奏多がこのマンションに引っ越してきたのは、今月の頭だ。

来月から就職が決まっているが、実家から職場までは通勤に一時間ほどかかる。元々大学卒業と同時に家を出ようと考えていた奏多は、勤務先まで二十分という距離にあるこのマンションを新居に決めた。

築年数こそ二十五年と古いが、建物の外観や中はきれいにリフォームされており、駅から徒歩五分という立地が魅力的だ。十畳のリビングと五畳の寝室、テレビモニター付きインターホン、風呂トイレ別という間取りは使い勝手がよく、周辺にコンビニと小さなスーパーがあるのもポイントが高い。

引っ越し当日に同じフロアの住人に挨拶に行ったが、隣に住んでいるのは二十代半ばくらいに見える女性だった。永岡と名乗った彼女とはマンションの廊下でときどき顔を合わせるようになり、そのたびに奏多は「きれいな人だな」と思っていた。

（コンサバ系の恰好をしてるから、きっとＯＬなんだろうな。何の仕事をしてるんだろう）

気にはなったものの親しく話す間柄ではなく、しばらく挨拶をするだけの関係が続いた。

転機が訪れたのは、昨日の夜だ。就職先の企業で行われた内定者研修に参加して帰ってきた奏多は、駅の出口に佇む永岡の姿に気づいた。

外はそれまで晴れていたにもかかわらず急な雨が降り出しており、傘がない彼女は困っているようだった。雨足は強く、自宅マンションまで徒歩五分とはいえ、歩けばかなり濡れてしまうのは避けられない。

折りたたみ傘を持っていた奏多は、永岡にそれを貸して自分は濡れて帰ろうとした。だが彼女は「一緒に使いましょう」と言い、マンション近くまで来たところでお礼に夕食に誘ってきた。

引っ越してきてからはバタバタしていて、奏多は近隣の店などをまだよく知らない。連れていかれた居酒屋はアットホームな雰囲気の店で、料理や酒の種類が多く興味をそそられた。

飲みながら話してみると、永岡はとてもフレンドリーな女性だった。こちらの話題を引き出すのが上手く、よく笑ってよく食べる。

気取らないその様子は当初のお高いイメージと違って可愛らしく、奏多は好感を抱いた。しかし日本酒を勧められてから急に酔いが回り始め、頭の片隅で「失敗した」と考えていた。

普段の奏多は酒に強いほうで、どれだけ飲んでも顔色が変わることはない。だが日本酒には覿面《てきめん》に弱く、すぐに酔いが回るのがこれまでの経験でわかっていた。それなのに永岡の勧めを断りきれずにうっかり飲んでしまい、あろうことか童貞である事実を告白してしまったのは痛恨の極みだ。

すぐに自分の失態に気づき、飲むのを切り上げて帰宅したものの、マンションの前で彼女に「わたしが練習台になるのはどうかな」と言われたときは驚いた。

自分には今は彼氏がおらず、都合がいい。一回したからといってつきあうわけではなく、いわゆるスポーツ的なもので、経験することで自信が持てるなら万々歳だ——そんな理論を展開した永岡は、おそらくかなり酩酊していたのだろう。

奏多のほうはといえば、あまりに予想外の提案に酔いが吹き飛んでしまい、自宅に入ったときは実はかなり冷静だった。だが断りきれずに彼女と関係してしまったのは、少なからず好感を抱いていたからかもしれない。

（……すごかった）

初めてのセックスはいろいろと刺激が強く、奏多にとって衝撃的だった。

だがときにこちらを翻弄し、愛撫に息を乱す永岡は想像以上に色っぽく、思いのほか夢中になったひとときだった。

驚いたのは、翌朝目が覚めたときに彼女の姿がなかったことだ。眠っているうちに黙って自宅に戻られ、失望に似た気持ちを味わっていた奏多だったが、ベッドの下に永岡のブラが落ちているのに気づき、「これはチャンスだ」と考えた。

（下着を返しに行く口実で、彼女の家を訪問する。そして昨夜のことはよく覚えていない体で、何とか繋がりを維持しよう）

一度身体の関係を持ったことで、奏多の中には永岡への恋愛感情が芽生えていた。

第一印象から好感を抱き、挨拶をする程度の関係を経て一緒に飲んでみると、年齢差を微塵《みじん》も感じずに楽しかった。彼女は〝後腐れのない関係〟であるかのように言っていたが、奏多の中にはそれを超えた熱が生まれつつある。

そんなことを考えているうち、永岡がリビングから戻ってきた。そのまま隣の奏多の部屋に向かうかと思いきや、彼女が往生際悪くモソモソと言う。

「あの、もしするんだったら、わたしシャワーを浴びたいんだけど。うちで入ってからそっちに行くんじゃ駄目かな」

永岡は気まずそうにうつむいており、奏多はそれを見下ろして答えた。

「とか言いながら、一旦俺を外に締め出したあと、そのままフェードアウトするつもりなんじゃないですか」

「……っ、それは……」

「シャワーなら、俺の家のを使ってください。行きましょう」

指摘は図星だったらしく、彼女は何ともいえない顔で自宅の玄関を施錠し、奏多の家に向かう。中に入ったあと、奏多は永岡に洗濯したてのタオルと自分のTシャツを手渡して言った。

「これを使ってください」

「あ、ありがとう」

彼女が脱衣所に消えていき、奏多はソファに腰掛けて大きく息を吐く。

いかにも淡々と振る舞っていたものの、内心はそれなりに緊張していた。昨夜の記憶はしっかり残っているが、酒の勢いでした部分も多々あり、いざ素面でするとなると上手くできるかどうか不安が募る。

（落ち着け。とにかく俺は、昨夜の記憶があやふやなふうを装わないと）

永岡のシャワーは長く、まるで彼女の躊躇《ためら》いを示しているかのようだった。

やがて脱衣所の引き戸が開き、奏多のTシャツを着た彼女が戻ってくる。セミロングの髪をバレッタで緩く結わえ、Tシャツの裾からすんなりと細い脚が見えている姿は、ひどく煽情的だった。

「シャワー、ありがと」

「はい」

「じゃあ、早速しよっか」

意を決した様子の永岡が寝室に向かい、中に入ったところで奏多は彼女の身体を後ろから抱き寄せる。

ボディソープの匂いがするうなじに口づけると、永岡がわずかに動揺した様子で言った。

「あの、小野くんの下の名前は何ていうの」

「奏多です」

「奏多くん……」

「永岡さんは？」

奏多の問いかけに、彼女は「佐和」と答える。

腕の中の身体の細さをつぶさに感じながら、奏多は永岡の耳朶《じだ》に唇で触れてささやいた。

「じゃあ、佐和さんって呼んでいいですか」

「ぁ……っ」

耳の中に舌を入れ、わざと音を立てて舐めると、彼女が首をすくませる。

同時に胸のふくらみをやんわり揉んだところ、手の中で弾力のある感触がたわんだ。しばらくそうしているうちに永岡の呼吸が荒くなり、腰に回った奏多の手をつかんでくる。

「……っ、ベッドでしよう……？」

そのささやきにぐっと心をつかまれながら、奏多は彼女の身体をベッドに押し倒す。

昨夜とは違って酒が入っておらず、永岡も緊張しているようだった。Tシャツの上から二つの胸のふくらみに触れ、揉みしだく。弾むような感触が手に愉《たの》しく、痛みを与えないようにやわやわと揉むと、彼女がこちらを見上げて言う。

「も、もう少し強くても大丈夫だから……」

「こうですか？」

「あ……っ」

両手に力を込めた瞬間、永岡の声が色めいたものになり、奏多の欲情が一気に煽られる。

Tシャツをめくり上げ、黒いブラに包まれた胸のふくらみに直《じか》に触れた。適度な大きさのそれは谷間が美しく、カップをずらすと清楚《せいそ》な色の先端があらわになる。

彼女が足先を動かし、「あの……」とつぶやいた。

「向こうの部屋の電気、消してきてほしいんだけど……」

部屋の灯《あか》りは点いていないものの、リビングは明るく、開いたままのドア越しに光がこちらに差し込んでいる。奏多はさらりと答えた。

「でもさっき言ったとおり、俺は昨夜の記憶があやふやですし」

「えっ」

「だから改めて、佐和さんの身体を見せてもらわないと」

それを聞いた永岡の顔がかあっと赤くなったものの、抵抗はしない。

奏多は彼女のTシャツとブラに手を掛け、まとめて脱がせた。そして形のきれいなふくらみをつかみ、先端に舌を這《は》わせる。

「あ……っ」

乳暈をなぞると、敏感なそこはすぐに硬くなり、芯を持った。

勃《た》ち上がった尖りに吸いついた途端、永岡が息を乱す。昨日もそうだったが、彼女は胸が感じやすいらしい。

「はぁっ……ぁっ」

少し強めに吸いついたところ、永岡が眉を寄せる。

左右を交互に舐めるうちに先端は唾液で濡れ光り、つんと尖っている様が淫靡《いんび》だった。白い肌にキスを落としながら、奏多は彼女の脚の間に触れる。

するとそこは下着越しでもわかるくらいに熱くなっており、かすかに湿っていた。レースの生地の上から割れ目をなぞり、上部をぐっと押す。その瞬間、永岡の腰がビクッと跳ね、彼女が上擦った声で言った。

「ぁっ……そこ……っ」

指で繰り返し擦ると、そこは次第に尖り始める。

自分の手で彼女が反応しているのだと思うとじりじりと欲情が募り、奏多は股間が張り詰めるのを感じた。身体を起こし、永岡の下着を改めて見下ろす。ブラと同じ黒の下着はレースでできたローライズタイプのもので、白い肌に映えてなまめかしい。

奏多は下着のクロッチ部分に触れ、彼女に問いかけた。

「ここ、見てもいいですか」

「えっ？　ぁ……っ」

クロッチに指を引っかけて横によけると、柘榴《ざくろ》のように赤い花弁が見えて思わず喉が鳴る。

蜜口からは愛液がにじみ出し、灯りを反射して光っているのがいやらしく、官能をダイレクトに刺激した。奏多はますます自身が硬くなるのを感じつつ、つぶやいた。

「すごい、……エロいですね」

「や……っ」

「触りますよ」

花弁に触れ、蜜口に浅く指を挿れる。

するとくちゅりと粘度のある水音が立ち、とろみのある愛液が溢れ出た。そのままじわじわと指を埋めていくと、柔襞がきゅうっと絡みついてくる。

中は熱く、みっちりとした狭さがあって、ここに自分のものを挿れるのだと思うと期待が高まった。根元近くまで埋めた指を抽送し、ときどき最奥を押し上げる。するとどんどん潤みが増し、永岡が息を乱した。

「はぁっ……んっ、……ぁ……っ」

溢れ出た蜜が手のひらまで濡らしているのを感じ、奏多は熱い息を吐く。

中に挿れる指を増やすと彼女が呻《うめ》き、上気した顔で見つめてきた。蜜口から隘路を掻き回す動きをやめないまま奏多は身を屈め、永岡の唇を塞ぐ。

「ん……っ……ぅっ……」

熱っぽく舌を絡め、口腔を舐め尽くす。

指を受け入れている隘路がきゅうっと窄まるのが淫らで、ますます深く二本の指をねじ込んだ。

その瞬間、彼女がこちらの二の腕をつかんで切羽詰まった声を上げる。

「ぁ、達っちゃう……っ」

ビクビクッと中が痙攣《けいれん》し、熱い愛液がどっと溢れ出す。

内壁が断続的に指をきつく締めつけていて、永岡が息を乱した。彼女はこちらの顔を引き寄せ、自ら唇を塞いでくる。

そしてひとしきり舌を絡めたあとで唇を離し、どこか怒ったような顔で言った。

「――次は、わたしの番だから」

「えっ」

永岡がぐっと身体を押してきて、奏多はベッドの上で尻もちをつく。

彼女は起き上がり、こちらのベルトのバックルに手を掛けると、チノパンの前をくつろげた。そして下着を引き下ろしてすっかり昂ぶったものに触れ、奏多に向かって告げる。

「こんなに大きくして、わたしの身体を見て興奮した？」

「しましたよ。佐和さんの身体、きれいなので」

「じゃあ、口でしてあげる」

奏多の股間に顔を伏せた永岡が、おもむろに先端を咥《くわ》える。

温かく濡れた口腔に迎え入れられ、奏多は思わず身体を揺らした。柔らかな舌が亀頭を舐め回し、くびれや鈴口をくすぐる。ぬめるその感触は強烈で、奏多は慌てて彼女の頭に触れた。

「……っ、ちょっと待ってください」

「待たない。小野くんはこっちの身体を好きに触ったんだから、わたしにもそうする権利があるでしょ」

永岡がより深く剛直を咥え込み、奏多はぐっと奥歯を噛《か》む。

切っ先が彼女の喉の柔らかいところに当たっていて、幹の部分を舐め回す舌にどうしようもなく感じていた。今にも達してしまいそうに気持ちよく、ときおり吸いつかれるのもたまらない。

「は……っ」

気がつけば呼吸が乱れていて、熱い息を吐いていた。

顎《あご》が疲れたらしい永岡が屹立を口から出し、幹を根元からじっくり舐め上げる。淫らなその姿に官能を煽られ、奏多は彼女の頰を撫でた。

するとこちらから目をそらさないまま永岡が先端まで舐め、鈴口を舌先で刺激してくる。

「……っ」

（やば……っ）

一気に射精感がこみ上げ、咄嗟《とっさ》に彼女の顔を押しのけたものの間に合わず、奏多はドクッと放ってしまう。

永岡の顔に白濁した飛沫が飛び散り、顎や口元を汚して、彼女はしばし呆然としていた。奏多は急いでベッドサイドの棚の上に置かれたティッシュを取り、永岡の顔を拭きながら謝罪する。

「すみません！　出すつもりじゃなかったんですけど」

「いいよ。気持ちよくて、つい達っちゃったんだよね？」

確認するように問いかけられ、奏多はばつの悪さをおぼえながら「……はい」と頷く。

すると彼女がニッコリ笑って言った。

「ふふっ、よかった。本当は顔射されるなんて冗談じゃないけど、小野くんは初心者だから許してあげる」

どこか余裕を感じるその態度にムッとし、奏多は押し黙る。

確かに初心者だが、こうして翻弄されるのは性に合わない。こうなったら何が何でも永岡を乱してやりたくなり、彼女の髪に触れて告げた。

「まだできるので、続きをさせてください」

「えっ、でも……。んっ」

後頭部を引き寄せて唇を塞ぎ、先ほどの口淫の痕跡を浄めるように舌を絡める。

くぐもった声を漏らす永岡をベッドに押し倒し、奏多は彼女の首筋から鎖骨、胸元を唇で辿《たど》った。

そうしながらも再び秘所に触れ、蜜口から指を挿入する。

「ぁ、は……っ」

愛液でぬめる内部は狭く、襞が蠢《うごめ》きながら指に絡みついてきた。

永岡の脚の間に自身の指が埋まっている様は、視覚的に奏多を煽った。しばらくそうして行き来させ、充分濡れたことを確かめた奏多は指を引き抜く。すると彼女が「あの」と言って、こちらを見上げた。

「避妊具、持ってくるの忘れちゃったんだけど……」

「大丈夫です。買ったんで」

そう言って引き出しに腕を伸ばし、避妊具の箱を取り出すと、永岡が唖然として言う。

「買ったって、もしかしてわたしとするつもりだったから……？」

「他に何があるんですか」

「だ、だって、昨日だけって言ったのに……んっ」

彼女の唇にキスをした奏多は、吐息が触れる距離でささやく。

「佐和さんと〝やり直し〟をしたかったので、買っておいたんです。避妊具も持たずに行為がしたいなんて、男として無責任ですから」

「……っ」

パッケージを破り、いきり立った自身にクルクルと被せる。

そして愛液でしっとりと濡れそぼっている永岡の秘所に、ぬるりと擦りつけた。

「んっ……」

亀頭で花芽を擦ると、彼女がピクリと腰を揺らす。

愛液のぬめりを纏わせるために花弁で行き来させながら、奏多自身もじりじりとした欲求を持て余していた。やがて切っ先で蜜口を捉え、ぐっと圧をかける。

「ぁっ……は、っ」

強い抵抗のあとに亀頭が埋まり、入り口がぎゅっと締めつけてきて、奏多は眉を寄せる。

気を抜けばすぐに持っていかれそうな感触に、思わず息を詰めて耐えた。体重をかけながら幹の部分を埋めていき、やがて切っ先が最奥に到達する。

永岡が浅い呼吸をしながらつぶやいた。

「……ぁ……硬い……っ」

「苦しいですか？」

「少し……」

ならばしばらく、このまま動かないほうがいいだろうか。

本当は今すぐ動きたいのをこらえつつそう考えていると、彼女が「でも」と言い、腕を伸ばして奏多の首を引き寄せてささやく。

「好きに動いていいよ。じっとしてるの、つらいでしょ」

「……っ」

年上らしい気遣いと包容力を見せる永岡に、奏多はぐっと気持ちをつかまれる。

昨日一度経験したことで多少なりともあった気持ちの余裕は、挿入した途端に吹き飛んでいた。彼女の上に覆い被さり、緩やかに腰を揺すり上げる。一度動くと止められず、徐々に律動を激しくした。

「あっ……はぁっ……あ……っ」

次第に愛液の分泌が増え、動くのが容易になる。

一分の隙もないほどに密着した内壁が断続的に締めつけてきて、その圧が心地よかった。永岡の中を穿《うが》ちながら、奏多はその目元や首筋に口づけてささやく。

「佐和さん――声、すっごい可愛い」

「ぁ……っ」

胸のふくらみをつかんで先端を舐めると、隘路の締めつけが増す。

ともすれば達ってしまいそうなほどの快感があったが、奏多は息を吐くことでそれを逃がした。身体を起こし、彼女の脚を抱えて腰を打ちつける。そのたびに形のいい胸が揺れ、永岡が切れ切れに声を漏らした。

「んっ……ぁっ、……は……っ……あ……っ」

挿入の角度によって入る深さが変わり、ずんと奥を突くと彼女が「あっ！」と高い声を上げる。接合部は溢れ出た愛液でぬるぬるになっており、動くたびに淫らな水音を立てていた。

（……やばい。こんなの、気持ちよすぎて頭が馬鹿になる……）

これまで奏多は自分を理性的な人間だと思っていたが、セックスの場においてはまったく取り繕えていない。

衝動のままに腰を突き上げることしかできず、だがそんな状況は決して嫌ではなかった。締めつけが断続的に強まり、永岡が切羽詰まった声を上げる。奏多は彼女の両手をシーツに縫いつけて律動を送り込みながら、吐息交じりの声でささやいた。

「……佐和さんが達くところ、見せてください」

「や……っ」

永岡が羞恥をおぼえた様子で、つかまれた手を振り解《ほど》こうとする。奏多はそれを許さず、上から見下ろして告げた。

「でも、もう達きそうですよね？　さっきから奥がビクビクしてる……」

「あっ、あっ」

より強く腰を押しつけて先端で小刻みに奥を抉《えぐ》ると、彼女の声が高くなる。

永岡を煽りつつも、奏多自身がもう限界だった。ぐっと奥歯を噛み、息を詰める。永岡が背をしならせて達するのと、奏多が最奥で熱を放つのは、ほぼ同時だった。

「あ……っ！」

「……っ」

楔を受け入れた隘路がビクビクと痙攣し、内襞が咥え込んだものをゾロリと舐める。搾《しぼ》り取ろうとする動きは強烈で、奏多はこみ上げる衝動のままに薄い膜の中で吐精した。やがて彼女の身体がゆっくりと弛緩していき、荒く息をつく。

「はぁっ……」

「――……」

奏多のほうも全力疾走をしたかのように汗だくで、心臓がドクドクと速い鼓動を刻んでいた。慎重に萎《な》えた自身を引き抜き、ティッシュで後始末をする。そしてしどけない姿で横たわる永岡の髪に触れ、彼女に問いかけた。

「すみません、どこか痛かったりしますか？　俺、気づかないうちに乱暴にしてたんじゃ」

「……平気。ちょっと疲れただけ……」

永岡が緩慢なしぐさで目を開け、こちらを見る。そしてどこかむくれた表情になってつぶやいた。

『昨日の記憶があんまりない』とか『やり直しがしたい』って言ってたけど、それって嘘じゃない？　だって小野くん、途中からあんな……」

「嘘じゃないですよ。ヤってる最中に、ぼんやり昨夜のことを思い出しはしましたけど」

抜け抜けとそんな嘘を口にし、奏多は彼女の頬に触れて言う。

「でも、二回して自信が持てたかって言ったら、全然そんなことはないですね。フェラであっさり達かされちゃいましたし、こんなにテクがない状態では他の誰かとつきあう気にはなれないです」

奏多は「だから」と言葉を続け、永岡に提案する。

「佐和さん、俺にもっといろいろ教えてもらえませんか？　恋愛の先輩として」

「えっ？」

「佐和さんくらい経験が豊富なら、手ほどきをするくらい訳ないですよね。俺は自分が童貞だっていうパーソナルな部分をさらけ出して、それを聞いた佐和さんは練習相手になってくれました。いわば乗りかかった船というか、一度関わった以上、最後まで見届ける責任があると思うんです」

「ちょ、ちょっと待って！」

タオルケットで胸元を隠しながら起き上がった彼女が、猛抗議してくる。

「責任とか言うけど、わたし、無理やりしたわけじゃないよね？　それなのにそんな――」

「今のままだと俺、まったく自信が持てません。こういう弱味を口に出せるのって、佐和さんしかいないんですけど」

「……っ」

「心配しなくても、佐和さんに他に恋人ができたらちゃんと立場を弁《わきま》えます。だからそれまでのあいだ、都合がいいときに相手をしてくれませんか？　お願いします」

するとと永岡は複雑な表情になり、胸元のタオルケットを強く引き寄せて言う。

「都合のいいときって……それってつまり、セフレでしょ」

「あんまりそういう言い方はしたくないですけど、まあ」

彼女がしばらく押し黙り、互いの間に沈黙が満ちた。

奏多が焦らず答えを待っていると、やがて永岡がモソモソとつぶやく。

「わかった。――小野くんが自信を持てるようになるまで、わたしが〝練習〟につきあう」

「本当ですか？」

「ただしこっちの都合に合わせてもらうし、わたしたちがそういう関係だって周りに吹聴したりしないで。それから嫌がるプレイは絶対しないこと、ＯＫ？」

「了解です」

望んでいたとおりの答えが返ってきて、奏多はホッと胸を撫で下ろす。

とりあえず彼女との繋がりを維持することができ、心から安堵《あんど》していた。永岡がベッドの下に落ちているTシャツを拾い上げ、頭から被る。そして下着を穿《は》きながら言った。

「じゃあわたし、帰るね」

「よかったら、晩飯一緒にどうですか。食べかけのままなの。だから気にしないで」

「会社帰りに買ってきたお弁当が、食べかけのままなの。だから気にしないで」

自分の訪問が彼女の食事の邪魔をしてしまったのに気づき、奏多の中に申し訳ない気持ちがこみ上げる。一旦脱衣所に入った永岡が、自身の服に着替えて出てきた。

「Tシャツ、洗って返そうか？」

「いえ。こっちにください」

Tシャツを受け取ると、彼女が玄関に向かう。靴を履くその背後から、奏多は腕を伸ばして永岡の身体を引き寄せ、抱きしめた。

「――佐和さん、キスしていいですか」

耳に唇を寄せてひそめた声で問いかけると、彼女がドキリとしたように肩を揺らす。

次の瞬間、クルリとこちらを振り向いた永岡が、奏多の胸倉をつかんで伸び上がるようにキスをしてきた。突然のことに面食らう奏多に、彼女がつんとして言う。

「小野くんが主導権を握ろうだなんて、まだまだ早いよ。しばらくはわたしがリードさせてもらうから」

「…………」

「じゃあ、おやすみ」

永岡が去っていき、目の前で玄関のドアが閉まる。それを見つめた奏多は、やがて小さく噴き出した。

（年上のプライドか。何だかんだで主導権を握りたがるの、面白いな）

すぐにこちらに靡《なび》きそうもないところに、逆に興味をそそられる。これまで周囲とそつなくつきあい、誰かに特別思い入れたことがない奏多にとって、ひょんなことから日常の中に入り込んできた永岡の存在はひどく新鮮だった。

もっと彼女を知りたいし、近づきたい。そのためには〝隣人〟という距離感は、なかなか使える気がする。

（とりあえず俺もシャワーを浴びて、晩飯を食おう。それから今日の研修の内容もまとめておかないと）

身体には、つい先ほどまでの快楽の余韻が残っている。

それを感じながら玄関に施錠した奏多は、バスルームに向かって踵《きびす》を返した。

雑誌ができるまではだいたい二カ月を要し、企画を持ち寄った編集会議から始まって、その号で取り上げる内容や必要とするページ数、記事の並び順を決める。

その後は取材先へのアポ取りや日程調整、カメラマンの手配をし、具体的な内容を練り込んだのちに取材に臨むが、クライアントに何を聞くべきかがはっきりしていなければ写真の枚数や構成など聞き忘れが出てくるため、注意が必要だ。

取材後はカメラマンから届いた写真の中でどれを使うかをセレクトし、ネーム制作をする。タイトルの入れ方や記事の文字数、写真の配置などを記載したラフレイアウトを作成し、それを基にエディトリアルデザイナーに発注をかけなければならなかった。

市内に新しくオープンしたモダンフレンチレストランの記事のラフを作りながら、佐和はため息をつく。昨夜の出来事が重く心にのし掛かり、ずっと頭から離れなかった。

（まさか、小野くんとまたする羽目になるだなんて。「酔ってて前日の記憶があやふやだ」って言ってたけど、あんな……）

昨夜の一部始終を思い出すと、頬がじんわりと熱くなる。

半ば押しきられるように行為に及んだが、小野の触れ方は思いのほか巧みだった。元々勘がいいのか、こちらの反応を見ながら力の加減をしてきて、決して強引な真似《まね》はしない。

一方で口での行為であっさり達ってしまう可愛いところもあり、佐和はすっかり心をつかまれていた。普段クールで淡々としている彼が、ベッドでは欲情を押し殺した目をしていて、そのギャップが色っぽい。

だからだろうか。小野に「恋愛の先輩として、自分にもっといろいろ教えてもらえませんか」と言われたとき、佐和は断れなかった。最初にこちらが酔った勢いで練習台になることを申し出てしまい、関係を持ったのがきっかけだという負い目も確かにある。

だがそれ以上に、佐和は小野奏多という青年に興味を惹かれてたまらなかった。彼はとにかく顔がよく、体型もスラリとしていて、ラフな恰好でもスーツでも様になる。

淡々とした喋り方をするものの決して無口ではなく、会話が弾むのが楽しかった。今どきの子にしてはしっかりと地に足がついた考え方をしているところも、かなり好感が持てる。

（それに……）

下世話な話だが、小野とは身体の相性がかなりいい。初心者らしいぎこちなさはあるものの、触れ方が丁寧で力加減がちょうどよく、余裕がなくなったときの表情は存外男らしい。

これまで佐和がつきあってきた相手はどちらかといえば自分本位な抱き方をするタイプで、そういう意味では小野との行為はとても満たされるものだった。

（でも「都合がいいときに相手をしてくれ」って言ってたけど、それって要するにセフレだよね。わたし、もしかしてすごく便利な女だと思われてる？）

彼にしてみれば、覚えたてのセックスを試せる自分はこの上なく都合のいい存在に違いない。

そんな考えが頭をかすめ、小野の提案にすぐ答えることができなかった佐和だが、結局彼の申し出を了承した。それは小野との縁を切るのが惜しくなってしまったのが大きいが、そうすると自分が性欲に流された浅ましい女に感じ、忸怩《じくじ》たる思いがこみ上げる。

（やっぱ早まったかな。そんな爛《ただ》れた関係に応じる暇があったら、年齢的に婚活でも始めたほうが建設的かも）

そう思う一方で、「自分は今フリーなのだから、別に応じても構うまい」という考えもあり、佐和の心は揺れる。

これまで年下と交際したことはなく、年上にはない魅力があった。そもそも彼の容姿は佐和の好みのどんぴしゃりであり、これを機会に思いきって楽しめばいいという考えもこみ上げる。

しかしそこで問題なのが、佐和にはさほど男性経験がないということだ。大学時代にできた初めての彼氏と二年、緒方とは一年半つきあっただけで、経験豊富というにはほど遠い。

小野の前ではいかにも物慣れているように振る舞い、彼にも「佐和さんに恋愛の先輩としてセックスの手ほどきをしてほしい」と言われてしまったが、いつかボロが出そうな気がする。

（経験値を積むという意味では、別にわたしが相手でも構わないのかな。何か騙《だま》してるみたいで気が引けるけど……）

そんなことを考えながら仕事をこなし、午後六時に退勤する。

今はまだ比較的早く帰れているが、校了前になると終電で帰るのもざらだ。それまでは英気を養う意味で、極力残業はしないと決めていた。

スーパーに寄ろうかと思ったものの、それも面倒になり、「晩ご飯は袋ラーメンでいいか」と考える。マンションのエントランスをくぐり、エレベーターで六階に上がって廊下を進んだ佐和は、ふと自宅の玄関横に紙袋が置かれているのに気づいた。

（……何だろう）

訝《いぶか》しく思いながら中身を覗いてみると、そこには料理が入った保存容器が三つ入っている。

メモが添えられており、「牛肉と筍《たけのこ》の甘辛炒《いた》め、かぼちゃの煮物、春雨サラダです。作りすぎたので、よかったらどうぞ」と書かれており、末尾に〝小野〟とある。

（小野くん、おかずをお裾分けしてくれたの……？）

しかも保存容器はまだ温かく、ここに置かれてそう時間が経っていないのがわかる。

昨日はああ言ったものの、佐和の中には小野と顔を合わせることに対する躊躇いがあった。やはり身体だけのつきあい、しかもセックス指南など自分には荷が重く、フェードアウトしたほうがいいのではないかという考えに傾いていたものの、こうしておかずをお裾分けされるとお礼を言わざるを得なくなる。

一旦自宅に入った佐和は、おかずが入った紙袋をダイニングテーブルに置いて冷蔵庫を開けた。そして缶ビール四本と秘蔵の蒸しウニ缶、そして高級チーズを紙袋に入れ、再度玄関から出る。隣家のインターホンを押すと、すぐに「はい」という応えがあった。

「永岡です」

『ちょっと待ってください』

しばらくすると目の前のドアが開き、小野が現れる。彼は微笑んで言った。

「こんばんは、佐和さん」

「えっと、おかずをありがとう。これ、缶ビールとお取り寄せしたおつまみなんだけど、よかったら」

「そんな気を使わなくていいですよ。余ったものをお裾分けしただけなので」

小野が「ところで」と言って、佐和を見た。

「佐和さん、今日の夕飯は何ですか」

「家にあるものっていうか……買い物するのが面倒だったから、ぶっちゃけインスタントラーメンなんだけど」

するとそれを聞いた彼が、あっさり言う。

「じゃあ、うちで食べませんか？　すぐ用意しますから」

「い、いいよ。さっきもらったのもあるし」

「あれは明日食べることにすれば、一食分浮きますよね。どうぞ」

小野がさっさと家の中に入っていってしまい、佐和は断りきれず「お邪魔します」とつぶやいて足を踏み入れる。

リビングは相変わらずすっきりと片づき、まるでモデルルームのようだった。自宅と同じ間取りのはずだが、散らかっていないだけでかなり広く感じる。

佐和は居心地の悪さを感じながら、キッチンで用意する彼に向かって告げた。

「小野くん、料理するんだね」

「うちの両親が共働きだったので、中学くらいから少しずつやるようになったんです。独り暮らしを始めてからはもちろん自炊するつもりでいたんですけど、ちょうどいい量を作るのが難しくて。今回は多く作りすぎてしまって、そうなると何日も同じものを食べなきゃいけなくなりますから、佐和さんにお裾分けできてすごく助かりました」

「……そうだったんだ」

やがてテーブルには、先ほどのおかずの他に大根の味噌汁《みそしる》や炊き立てのご飯、残り野菜で作った浅漬けなどが並び、佐和は感嘆のため息を漏らす。

「すごい。男子が作ったとは思えない」

「佐和さん、飲みますよね？　さっきのビールでいいですか」

「あ、うん」

缶ビールで乾杯したあと、「いただきます」と言って料理に箸をつける。

牛肉と筍の甘辛炒めはご飯が進む濃いめの味付けと筍の歯ごたえがよく、かぼちゃの煮物はほっこりとした甘さが何ともいえず美味しい。春雨サラダはきゅうりやハム、錦糸卵と具沢山で、胡麻油と酸味が効いた中華風の味付けが箸休めにちょうどよかった。

「すっごく美味しい。そういえば、大学時代は飲食店でずっとバイトしてたって言ってたっけ」

「はい。個人経営の居酒屋で、俺はホールがメインだったんですけど、たまに厨房《ちゅうぼう》の手伝いをするといろいろ料理を教えてもらえたんです。だからレパートリーは結構ありますよ」

小野に「佐和さんは、料理は？」と聞かれ、佐和は苦笑して答える。

「わたしは全然。家事全般が苦手で、作っても失敗ばかりだから、もう開き直って外で買ってくることにしてるの。独り暮らしだし、材料費を考えるとたいして変わらないから」

「ああ、確かにあれこれ材料を買って作るのと出来合いのものでは、一人だと金額的に変わらないですよね。作る手間と時間を考えたら合理的かも」

彼が家事をしないこちらを馬鹿にせず、さらりと同調してくれるのを見て、佐和は「いい子だな」と考える。

互いのバイト話に花を咲かせているうち、テーブルの上の料理はすべてなくなった。佐和は満足の息をつき、小野を見た。

「ご馳走《ちそう》さま、すごく美味しかった。後片づけはわたしがやるから」

「いいですよ、気にしなくて」

彼は固辞したものの、そんなわけにはいかず、結局二人で片づける。食器を洗って拭き、シンク周りの水滴を拭き上げたところで、佐和はさっと踵を返して言った。

「さてと、わたしはそろそろ帰らなきゃ。今日のおかずを入れた保存容器は、明日以降に返すね」

「――待ってください。せっかく来たんですから、〝練習〟につきあってほしいんですけど」

後ろから腰を抱き寄せつつ耳元でささやかれ、佐和の心臓がドキリと音を立てる。

小野の腕を押さえ、彼の顔を見つめて、ムッとして言った。

「もしかして晩ご飯に誘ったのって、そういう目的があったから？」

「こうでもしないと、佐和さんは逃げそうだったので。せっかくできた縁は最大限に生かしたいじゃないですか」

最大限に生かす――という言葉に引っかかりをおぼえ、佐和は口をつぐむ。

やはり小野は、自分を都合のいい女としか考えていないのだ。これまでコンプレックスだった童貞を返上したあとは少しでも習熟度を上げ、今後に生かそうとしている。

(でもわたしたちの間には恋愛感情がないんだから、そんなの当たり前だよね。小野くんがわたしを誘うのはセックスへの興味と性欲で、それ以外の意味なんてない)

そう悟った瞬間、佐和の中にこみ上げたのは、猛烈な対抗心だった。

彼がこちらを利用するなら、自分だって同じことをしていいはずだ。年下のイケメンとつきあうチャンスなど滅多にないのだから、この機会を目いっぱい愉しませてもらう。

小野はおそらく、一、二ヵ月でこちらに飽きるだろう。その後は同年代の女性に目を向けるのは容易に想像ができ、そのときにすっぱり関係を断ち切ればいい。佐和はそう決心した。

「佐和さん?」

押し黙ったこちらを不思議に思ったのか、彼が顔を覗き込んでくる。佐和はニッコリ笑って言った。

「わかった。でも先にシャワーを使わせてくれる?」

「はい」

勝手知ったるバスルームで身体を洗い、昨日とは違う小野のTシャツを着て脱衣所を出る。そしてベッドルームで彼と向き合い、佐和はかねてから気になっていたことを口にした。

「今まで二回したけど、小野くんって服を全部脱いだことないよね」

「そうでしたっけ」

「うん。だから見せて」

それを聞いた小野が自身のカットソーに手を掛け、頭から脱ぐ。

すると男らしくしなやかな上半身が現れ、佐和は目を瞠った。細身ではあるものの彼の腕や胸には実用的な筋肉がつき、腹部は無駄なく引き締まっている。思わず手を伸ばし、きれいに割れた腹筋に触れながら問いかけた。

「これ、鍛えてるの？」

「昔から身体が細いのがコンプレックスで、高校の頃から筋トレを始めたんです。でも思ったような身体にはならなくて、こんな感じですけど」

「充分細マッチョだよ。細く見えるのに脱いだらこれなんて、女子は皆びっくりするんじゃない？」

「どうでしょうね。佐和さん以外に見せてないですから」

佐和は小野の胸元に顔を寄せ、肌に口づける。

何度かついばむようにキスをし、胸の先端を吸うと、彼がピクリと身体を揺らした。ささやかなそこはすぐに硬くなり、舌を押し返してくる。佐和は笑って言った。

「ここ、硬くなって可愛いね。舐められるのは好き？」

「どっちかというと、くすぐったいです」

「それって、快感と似たようなものだと思うけど」

小さな乳首を吸いながら、佐和は手を伸ばして小野の股間に触れる。

そこは既に硬くなっており、快楽に素直な様子がいとおしかった。衣服の上から昂ぶりを撫でつつ胸への愛撫を続けると、彼の息遣いが次第に乱れてきた。胸を吸いながら視線を上げた途端、こちらを見下ろす小野の熱っぽい視線に合う。

彼がこちらの後頭部を引き寄せ、覆い被さるように口づけてきて、佐和はそれを受け入れた。小野の舌が口腔に押し入り、ぬるりと絡められる。回を増すごとに彼のキスは上手くなっていて、何度も角度を変えて口づけられるうち、じわりと体温が上がった。

「うっ……ふっ、……は……っ」

先ほど食欲を満たしたばかりで、今度は性欲かと思い、ふいにおかしくなる。

唇を離した拍子に佐和が微笑むと、それを見てどう思ったのか、小野が淡々とした口調で言った。

「せっかくの〝練習〟なので、俺がしたいことをリクエストしていいですか」

「何？」

すると彼は、こちらの耳元に顔を寄せてささやく。

「――クンニ、させてほしいんですけど」

「……っ」

ふい打ちのように卑猥な言葉をささやかれ、佐和の顔がかあっと赤らむ。

これまで経験がないわけではないが、そういうのは行為の流れでするものであり、わざわざ言葉にしてから行うことに強い羞恥がこみ上げた。目の前の小野は至って落ち着いており、動揺を顔に出してしまった佐和は悔しくなる。咄嗟に表情を取り繕い、彼に向かって言った。

「いいよ。わたしが自分で下着を脱ごうか?」

「いえ、そのままで」

ベッドの上に大きく脚を開いて座らされ、小野がその間に屈み込む。Tシャツの下は下着一枚で、クロッチ部分に触れられた佐和は「あの」と遠慮がちに申し出た。

「電気、消してくれないかな」

「駄目ですよ。練習なんですから、ちゃんと見せてくれないと」

ニッコリ笑う彼は上機嫌で、佐和は腕を伸ばしてその動きを押し留めながら訴える。

「やだよ、明るいところでなんて……あっ!」

下着越しに花芯をぐっと押され、思わず高い声が漏れる。

少し強めに擦られると甘い愉悦がこみ上げ、佐和は息を乱した。この関係を了承した際、提示した条件の中に〝こちらが嫌がるプレイをしないこと〟という項目があったが、小野は笑顔でそれを押しきろうとしている。

「ね、本当に電気を消して……ん、っ」

クロッチの横から下着の中に入り込んだ指が、蜜口をくすぐってくる。

途端にくちゅりと粘度のある水音が聞こえ、頬が熱くなった。彼の指はしばらく浅いところをくすぐっていたが、やがて隘路に埋められていく。硬い指の感触が柔襞を掻き分けて奥に進むのを感じ、佐和は小さく声を上げた。

「は……っ、あっ」

「佐和さんの中、もうぬるぬるしてきてますよ。ほら」

指を抽送されると濡れた音が大きくなり、羞恥が込み上げる。

たった一本の指に乱されている自分が、ひどく情けなかった。下着を穿いたまま小野の指が秘所に挿入されている様が淫靡で、視覚的にも煽られる。

(ああ、そうか。だから……)

あえてベッドサイドの電気を消さないのは、互いにより興奮を高めるためのエッセンスなのだ。

そう悟り、一昨日まで童貞だったはずの彼の発想に、佐和は悔しさをおぼえる。抱き合う回数が増すごとに、小野には行為を愉しむ余裕ができていた。

彼が指を引き抜き、佐和の下着を脱がせてくる。そしてこちらの脚を大きく開かせてきて、しげしげと秘所を眺めてつぶやいた。

「やっぱエロい……佐和さん、自分のここ、ちゃんと見たことありますか」

「な、ないよ」

「どんなふうになってるか、教えてあげましょうか」

小野の前にすべてがさらけ出されているのを意識し、猛烈な羞恥に襲われながら、佐和は首を横に振る。

「いい、そんなの……あっ！」

彼の手が花弁を押し広げ、蜜口からトロリと愛液が溢れ出すのがわかる。

するとそれを見た小野がおもむろに顔を伏せ、舌で舐め取ってきた。熱くぬめる舌が秘所を這い回り、ゾクゾクした快感がこみ上げる。思わず片方の手で口元を覆いながら、佐和は小さく呻いた。

「んっ……ぅっ」

彼はまったく抵抗がない様子で、丹念に舌を這わせてきた。

全体に吸いついたあと、舌先で敏感な花芽を転がされると甘い愉悦がこみ上げる。押し潰されるのも、吸われるのもよくて、秘所がどんどん潤むのを止められずにいた。

明るい部屋の中ですべてを見られているという恥ずかしさも、快楽を助長してやまない。しかも小野は普段はあまり表情が変わらないくせに性への興味を隠さず、そのギャップにもやられていた。

「はぁっ……ぁっ」

気がつけば秘所に顔を埋める彼を食い入るように見つめていて、佐和はじんわりと身体が汗ばむのを感じた。視線に気づいたのか、小野がこちらを見る。これ見よがしに出した舌を花弁に這わされて、佐和は頭が煮えそうになった。彼の表情には滴るような色気があり、その眼差しに隘路の奥がきゅんと疼く。

「佐和さんの中、動きましたね。舐められるの好きですか」

「ぁ……っ、知らな……」

「だっていっぱい溢れてきますよ。こんなに反応してくれるなら、俺も舐め甲斐《がい》があります」

ふいに音を立てて強く吸いつかれ、佐和は「あっ！」と声を上げる。

わざと音を立てながら愛液を啜《すす》られるのは刺激が強く、思わず脚の間にある小野の頭を押さえた。するとと彼はその手をつかみ、指同士を絡ませながらなおも花弁に吸いついてくる。

「はぁっ……ん……っ、ぁ……っ」

舌先が内部に入り込み、浅いところを舐められるのがたまらない。

もっと強い刺激が欲しくなり、内襞がビクビクと震えた。太ももで小野の頭を挟み込むと、彼が唇を離し、熱っぽい息を吐いてささやく。

「指、挿れますよ」

「んん……っ」

ぬかるんだ隘路にゴツゴツとした硬い指が埋められていき、佐和の肌が粟立つ。

より強い刺激を求めていたそこは、異物である指にきつく絡みついた。ゆるゆると行き来させながら、小野が花芽に吸いついてくる。指を折り曲げながら強く吸われるとひとたまりもなく、佐和は身体を震わせて達していた。

「んぁっ……！」

内壁が収縮し、彼の指を締めつける。

奥から愛液がどっと溢れ、シーツを濡らすのがわかった。口元を拭って上体を起こした小野が、佐和の唇を塞ぎながら身体を押し倒してきた。

「う……っ、ん……」

激しく舌を絡ませながら上に覆い被さり、再び指で花弁を探ってくる。

達したばかりのそこは愛液でぬるぬるになっており、わななきながら指を締めつけた。たった今自分の秘所を舐めていた舌が口腔に押し入ってきているのだと思うと、淫靡さを掻き立てて佐和の最奥がきゅんと疼く。唇を離した彼が、吐息の触れる距離で言った。

「――挿れていいですか」

「う、うん」

ベッドサイドの棚の引き出しから避妊具を取り出した小野が、自身のチノパンの前をくつろげる。

これ以上ないほど張り詰めてそそり立つ屹立は、見るからに硬そうだった。まだ少し覚束《おぼつか》ない手つきで避妊具を着けた彼が、佐和の脚を押し広げてくる。そして切っ先で蜜口を捉え、ぐっと腰を押しつけてきた。

「う……っ」

先端部分をのみ込まされ、太さのある幹をじわじわ埋められて、佐和は圧迫感に喘ぐ。内壁が待ち望んだ昂ぶりを締めつけ、彼が熱い息を吐いた。何度か揺らして奥を目指しながら、吐息交じりの声で言う。

「佐和さんの中、熱くてぬるぬる……舐められるの、そんなに気持ちよかったですか」

「……っ、小野くんこそ、こんなに硬くして興奮しすぎなんじゃないの」

悔しくなって意図的に締めつけをきつくすると、小野がぐっと奥歯を噛む。

そして改めて佐和の膝裏をつかみ、一気に奥まで貫いてきた。

「あっ……！」

切っ先が深いところを抉り、思わず背をしならせる。

すべてを埋めたあと、彼がすぐに律動を開始した。硬い楔で内壁を擦られ、奥を突き上げられる。

強い衝動にかられても小野が乱暴にならないように気を使っているのがわかり、佐和の胸がきゅうっとした。

こちらを翻弄しながらも、中に挿れた途端に余裕がなくなっているのがいとおしくてならない。

この必死さが年下の可愛さだと思いつつ、佐和は彼の首を引き寄せてささやいた。

「もっと、激しくしていいから……」

「……っ」

その言葉を聞いた瞬間、小野を取り巻く空気が変わり、律動が激しくなる。

剛直が繰り返し深く挿入され、今にも達ってしまいそうなほどの愉悦に息が止まりそうになった。

彼のしなやかな身体、少し乱れた髪、荒い息遣いに官能を煽られる。小野の首に必死にしがみつき、佐和は切れ切れに言った。

「……ぁっ……気持ちいい……」

「……っ」

「小野くんは……？」

すると彼が顔を歪め、どこか悔しそうな表情で答える。

「いいに決まってます。そうじゃなきゃ、三日続けてなんてしませんよ」

「んぁっ……！」

膝裏をつかみ、腰を押しつけて小刻みな律動を送り込まれる。

内壁を余さず擦りながら感じやすいところを突かれると、たまらなかった。一気に昇り詰めた佐和は、高い声を上げて身体を震わせる。

「あ……っ！」

頭が真っ白になるほどの快感が弾け、中にいる小野をきつく食い締める。

その瞬間、彼が息を詰め、膜越しに熱を放った。

「……っ」

楔が二度、三度と震え、吐精する。気がつけば互いに汗だくになっていて、息を乱して見つめ合った。

（すごい、気持ちよかった……）

小野と抱き合うのはこれまでつきあったどの相手よりも快感があるが、彼のほうはどうなのだろう。〝練習〟を継続するくらいだから、自分との行為に満足してくれているのだろうか。

そんなことを考え、急速に熱が冷めていく感覚に気まずさをおぼえながら、起き上がった佐和はベッドを出る。そして寝室を出て脱衣所で服を着込み、乱れた髪を手櫛で直しつつぎこちなく告げた。

「えっと、晩ご飯ご馳走さま。じゃあわたしは帰るね」

「はい。おやすみなさい」

＊　＊　＊

企業が内定者研修を行う目的は、内定者の入社前の不安を取り除いて辞退を防ぐこと、内定者同士のグループワークを通じて人間関係を構築すること、ビジネスマナー研修などが主だという。

奏多が就職する企業はマナーやスキル研修を含めて五日間の日程が組まれており、初日は会社の沿革や事業内容の説明、二日目と三日目はビジネスマナー研修を行った。

四日目である今日はＯＡスキルの確認で、約三時間の研修を終えた奏多は午後四時に帰路につく。

帰宅の学生たちで混んでいる地下鉄に乗り込み、吊革《つりかわ》につかまりながら、今日の夕食について思案した。

（冷凍庫にうどんと豚ひき肉があったから、温玉を載せた肉みそうどんにしようかな。千切りきゅうりを添えて、食感をよくして）

それにキムチを載せた冷ややっこと卵スープを添えれば、夕食は完成だ。

メニューを決めながら、奏多は佐和のことを考える。初めて彼女と身体の関係になってから三日続けて会い、「さすがに頻繁すぎるだろう」と思って週末の土日はあえて会わなかった。

しかし気がつけば佐和の面影が頭をかすめていて、そんな自分に苦笑する。

（何だかな。一度ヤったら毎日会いたくなってるなんて、我ながらチョロすぎる）

彼女との関係は、とても刺激的だ。

表向きの自分たちは〝互いに交際相手がいないあいだ、セックスの練習につきあう〟というもので、佐和は応じてくれている。しかし奏多のほうは、当初から彼女に恋愛感情を抱いていた。きっかけこそ勢いだったが、もっと佐和のことを知りたい。そう思ったものの、素面になった彼女は酔って一夜を共にしたのを後悔しており、逃がさないためには「年下の童貞をまんまと弄んで食い逃げしたんですね」と食い下がるしかなかった。

何だかんだとこちらに言いくるめられてしまっているのだから、きっと佐和は相当お人好しなのだろう。ベッドの中での彼女は経験が浅い奏多を翻弄する小悪魔っぽさがあり、そんな部分にも魅了されてやまない。

一昨日は自宅で夕食をご馳走したところ、佐和は旺盛な食欲を見せていた。普段まったく自炊をしないという彼女は手料理に飢えている節があり、こうなったら胃袋からつかむのもありかと奏多は考える。

(こんなに佐和さんの気を引きたくて血眼になってるのって、彼女が初めての相手だからかな。今まで恋愛をしてきてないから、まったくわからない)

無事に童貞を捨てた今、その気になれば奏多は容易に彼女を作れるだろう。

現に同期の内定者の女性からトークアプリで繋がった途端にアプローチされており、「今度二人で出掛けないか」と誘われている。学生時代も告白された回数は片手では足りず、チャンスはたくさんあったはずだが、その気になれずにすべて断っていた。

そんな自分が六歳年上の女性に興味を抱いている現状は、ひどく感慨深かった。おそらく世間的に見ればこの年齢差でつきあうのはあまり一般的ではなく、同年代か年下に目を向けるのが普通に違いない。

（でも……）

佐和のきれいな容姿、屈託のない笑顔、ベッドでの艶《つや》っぽさは奏多の心をつかんでいた。

彼女がこちらを恋愛対象として見ていないのも、もしかすると躍起になっている一因かもしれない。とにかく佐和を振り向かせたくてたまらず、奏多は「いつ告白しよう」と考える。

（今のタイミングで言ったら逃げられるかもしれないから、ある程度時間が経過してからのほうがいいかな。それまでセフレだと思われているのは、正直嫌だけど）

佐和のことは決してセフレとは考えていないが、彼女の前ではそういう体で振る舞わなくてはならないのが複雑だ。しかし恋愛感情を出してしまえば佐和は引くかもしれず、奏多はあれこれと思案する。

（やっぱ時間をかけて、距離を縮めるしかないか。とりあえず連絡先を教えてもらおう）

まだ彼女とはトークアプリで繋がっておらず、次に会ったら聞いてみようと心に決める。

帰宅した奏多はキッチンに立ち、夕食を作って食べた。午後七時半、酒が切れていたのに気づき、近所のリカーショップに行くべく財布と鍵を手に取る。そしてエレベーターに乗り込み、外に出た。

（寒い。日中はだいぶ気温が上がるようになってきたけど、夜はまだまだ冷えるな）

北国は四月の末くらいまで上着が手放せず、少し風が吹くだけで寒く感じる。

徒歩三分のところにあるリカーショップに向かった奏多は、ビールや焼酎、炭酸などを買い込んで会計をした。袋を手に外に出ると、行く先に一人の女性が歩いているのに気づく。

（あれは……）

見覚えのある後ろ姿は、佐和だ。

彼女はマンションに向かって歩いており、奏多はその背中に声をかけた。

「佐和さん」

すると佐和が振り返ったが、彼女は口元に白いマスクをしている。顔色も悪く見え、奏多は驚いて歩み寄りながら問いかけた。

「どうしたんですか、マスクなんかして」

「たぶん風邪《かぜ》……。お昼くらいから咳《せき》が出て熱っぽかったんだけど、仕事がなかなか終わらなくてこんな時間になっちゃった」

額に触れてみると確かに熱く、奏多は眉をひそめて言う。

「早く寝たほうがいいですよ。家に冷却シートとか、薬はありますか」

「解熱剤はあると思うけど、シートはないかな」

「じゃあコンビニで買っていきますから、先に帰っていてください」

佐和がマンションに入っていくのを見送り、近所のコンビニに向かった奏多は、冷却シートやゼリー、イオン飲料などを買い込む。

そして一旦自宅に戻り、冷凍していたご飯と卵を手に彼女の自宅に向かった。インターホンを押してから玄関ドアに触れると鍵が開いており、中に向かって呼びかける。

「佐和さん、俺です。入りますよ」

靴が散乱した玄関で靴を脱ぎ、リビングに入る。

すると中は足の踏み場もないほどの散らかりようで、思わず戸口で立ちすくんだ。足を崩して座り、テーブルに突っ伏していた佐和が顔を上げてこちらを見る。

「ごめんね、散らかってて。冷却シート、いくらだった？」

「お金はいいですよ、別に。シートと一緒に、食べやすいゼリーとイオン飲料も買ってきました。うちからご飯も持ってきたので、よかったらお粥《かゆ》も作ります」

「えっ、いいよ、そんな。見てのとおり散らかってるし」

「ちゃんと食べてから薬を飲まないと、治るものも治りませんよ」

とはいえ室内の散らかりようは凄《すさ》まじく、キッチンも洗い物やゴミで溢れていた。彼女が恥じ入った様子でモソモソと言う。

「言ったでしょ、うちは汚いって。料理とかできる状態じゃないから、気持ちだけもらっとく」

「いえ、片づければ何とかなります。とりあえず佐和さんはおでこに冷却シートを貼って、ソファで休んでいてください」

腕まくりをした奏多は、早速洗い物に取りかかる。ゴミを分別しながら袋にまとめ、シンクの中にあった食器を洗い、焦げつきのあるコンロ回りをクレンザーと洗剤を駆使して磨き上げた。せっせと手を動かしながら、「こうやって汚部屋を片づけるのは久しぶりだな」と考える。

(昔はよくこうやって晴香《はるか》の部屋を片づけてやっていたけど、ここ数年はなかったもんな。かえってやりがいがある)

キッチンがきれいになったところで小鍋でお粥を炊き、ついでにリビングも片づけた。

床やソファに堆《うずたか》く積まれた衣類やタオルは、使用済みと洗濯したものを分別して洗濯機に入れた。雑誌類は一箇所にまとめ、出しっ放しだったメイク道具も専用ボックスに収納して、グラスやマグカップもキッチンに下げる。

ソファに横になり、熱で赤らんだ顔でその様子を見ていた佐和が、感心したようにつぶやいた。

「小野くん、片づけるの早いね……」

「前によくこうやって汚部屋を片づけていたので、慣れてるんですよ」

そのとき奏多は、テレビ台の上に大判の白封筒が置かれているのに気づく。

そこには〝朝倉出版〟と社名が書かれていて、目を瞠って問いかけた。

「佐和さん、この〝朝倉出版〟って……」

「うちの会社。その封筒の中身は大事だから、捨てないでそのまま置いといて」

封筒に書かれている社名は佐和の勤務先だといい、奏多は驚く。

（この前飲んだとき、職場は「メディア系だ」って言ってたけど……。へえ）

「今日はいつもより帰りが遅かったですけど、残業とかあるんですか」

「あるよ。わたしは雑誌の編集部にいるんだけど、校了前は一週間くらい終電で帰るとかざらだし。もうじわじわ忙しくなり始めてるから、体調崩してる場合じゃないんだよね。明日には熱が下がるといいけど」

キッチンに戻った奏多はお粥の煮え具合を確かめ、卵を入れて塩で味付けする。

そしてコンビニで買ってきたヨーグルトにフルーツのシロップ漬けを載せたものを添えてテーブルに運ぶと、彼女が目を輝かせて言った。

「美味しそう。デザートまでつけてくれるなんて、すごい」

「多かったら、残していいですから」

「うん。いただきます」

お粥を木製スプーンで掬《すく》った佐和が、湯気の立つそれに息を吹きかけてから口に運ぶ。額に冷却シートを貼り、熱で少し上気した顔で「美味しい」と言って笑う姿は可愛らしく、奏多も思わず微笑んだ。

そして立ち上がり、先ほどの大判封筒をテーブルの隅に置いたあと、ゴミ袋を手に言う。

「中途半端に手を出しちゃったんで、もうこの家の中を全部掃除しますね」

「えっ、いいよ、そんなの」

「半端にやめるほうがストレスですから。洗濯機、回していいですか」

「う、うん」

奏多は洗濯機を回しつつ、風呂場やトイレを掃除する。寝室の寝具は取り換えたものの、他の洗濯物があるせいで干すスペースがないため、明日以降に洗うべく畳んでおいた。

佐和はお粥を八割ほど食べてくれ、熱を測ると八度三分だったため、解熱剤を飲ませる。やがて三時間近く経つと家の中は見違えるほどきれいになり、彼女が感嘆の表情でつぶやいた。

「すごい。短時間でよくこんなにきれいにできたね」

「1LDKなので、何とか。ゴミはベランダにまとめて置いておきますから、収集の日に出してください」

「ありがと」

佐和は「それで、あの」とモゴモゴ言い、奏多は苦笑して告げる。

「今日は〝練習〟させろとは言いませんから、安心してください。具合が悪い佐和さんを押し倒すほど鬼畜じゃないですよ」

「そ、そう？」

「明日も熱が下がらないなら、病院に行ったほうがいいです。もしかすると夜中に一気に上がるかもしれませんから、俺とアドレスを交換しませんか」

「えっ？」

「もし何かあったら、隣からすぐ駆けつけられるので」

するとそれを聞いた彼女が了承し、トークアプリのＩＤと携帯電話の番号を交換する。

自然な形で佐和の連絡先を知ることができ、奏多は内心ホッとしていた。玄関で靴を履き、見送りに出てきた彼女に向かって告げた。

「佐和さん、ちゃんと休んでくださいね。もし具合が悪くなったら、遠慮なく連絡ください」

「うん。小野くん、本当にありがとう」

ドアノブに手を掛けた奏多は、微笑んで言った。

「――じゃあ、おやすみなさい」

第四章

会社員なら大抵そうかもしれないが、佐和が出社してまずすることはメールの確認だ。

返信作業を終えたら、校了一週間前のこの時期はひたすら誌面のチェックに明け暮れる。レイアウトに文字と写真が入った〝ネーム校正紙〟が上がってきているため、それを原稿の隅々まで確認して赤字を入れたものをデザイナーに戻し、印刷所に渡す入稿データをもらう。

そして掲載するアイテムのデータをＰＤＦでショップに送り、価格表記やコピーライトなどのクレジットに誤りがないかのチェックを依頼するものの、今回はたった三つのアイテムで「お戻しまで二週間かかります」というところがあって、電話をかけて説明した。

「こちら、校了日が決まっておりまして、それまでにすべての誌面を仕上げなければならないんです。ご多忙なところ大変恐れ入りますが、三日以内にお戻ししていただくことは可能でしょうか。

……はい。どうぞよろしくお願いいたします」

電話応対を終えたら一件打ち合わせに出向き、社に戻ってまたチェックだ。

印刷所から色校正、つまり印刷時にどんな色味になるのかの確認と、最終的なチェックを行うためのものの一部が届き、細かく目を通す。色校の段階でミスを見逃すとこのあとは修正できなくなる都合上、とても重要な作業だった。

こうした作業を繰り返しているうちに終電の時間になり、それが一週間ほど続く。ついに金曜の夜に校了を迎えた佐和は、ぐったりと疲れきっていた。

(疲れた……帰ったらシャワーを浴びて、すぐ寝よう。明日は法事で実家に行かなきゃいけないし)

重い身体を引きずるように地下鉄に揺られて帰宅し、リビングの電気を点ける。

四日前に小野が片づけてくれた室内は、以前と比べて格段にきれいだ。だが少しずつ前の状態に戻りつつあり、それを申し訳なく思う。

(まさか熱を出したわたしにお粥を作って、家の掃除までしてくれるなんて思わなかった。小野くん、家事まめなんだな……)

彼とは月曜以来、丸四日会っていない。理由は佐和が校了前で多忙になったためで、小野に会って抱き合う余裕は微塵もなかった。しかしトークアプリでは一日に二、三回やり取りをしており、今日は「豚の角煮丼を作りました」という写真が送られてきて、照りのある角煮と半熟のゆで卵、青菜が載った丼を見てつい涎《よだれ》が出てしまった。

彼は淡々としているようでいて面倒見がよく、いかにも今どきの容姿の持ち主であるにもかかわらず家庭的だ。熱を出したときに作ってくれたお粥は美味しく、まさか小野がそこまでするとは思っていなかった佐和は、かなり心をつかまれてしまった。

（わたしが「毎日帰りが終電で忙しい」って伝えたらしつこく会おうとか言ってこないし、メッセージの内容もさらっとしてる。でも一日に二、三回送ってくるところがこっちに無関心じゃないのを表してて、何ていうかすっごく可愛い）

彼と親しくなって十日が経つが、友人以上恋人未満の関係は新鮮だ。

元々好みの顔をしているのが興味を抱いたきっかけだったが、それに性行為が加わり、思いのほか身体の相性がいいために少しずつ嵌まりつつある。

ただ行為をするだけではなく、手料理をご馳走してくれたり掃除をしたりと気を使ってくれるところが狡《ずる》い――と佐和は思う。いっそ性欲だけに振りきればいいのに、変に情が湧いてしまっている現状は、あまりいい傾向ではなかった。

（でもそれを断ったら、せっかくの厚意を無下にしちゃうしな。どうしたらいいんだろう）

シャワーから上がった佐和はおざなりに髪を乾かし、ベッドに倒れ込んで爆睡する。

翌日は昼前に市内にある実家に帰り、祖父の一周忌に参加した。夜は親戚たちと宴会になり、一泊して日曜の夜に自宅に戻る。

部屋の灯りを点け、スマートフォンが振動したためにディスプレイを確認すると、小野からメッセージがきていた。そこには「おかえりなさい」という文言のあと、「佐和さんに会いたいのは山々ですけど、明日入社式なのでやめておきます」と書かれている。

(そっか、小野くん、明日が入社式か。確かに寝坊したら大変だもんね)

佐和は「了解　頑張ってね」というメッセージを送信し、小さく息をつく。

今年は四月一日が土曜のため、小野が入社する企業は月曜日に入社式を行うらしい。佐和の勤務先である朝倉出版もその予定で、新人はそれが終わったあとに各部署に配属されることになっている。

(そういえば奥川が、「男子がいいな」って楽しみにしてたっけ。うちの部署には、どんな子が来るんだろ)

そんなことを考えながらビールを片手にサブスクリプションで映画を一本鑑賞し、就寝する。

翌日は朝九時に出勤し、ネットでリサーチしながら企画会議に出すアイデアを練った。やがて午前十一時頃に編集長の飯田《いいだ》がやって来て、オフィスにいる面々に「ちょっといいか」と声をかける。

「さっき入社式が終わって、この広告営業部企画制作グループにも一人新人が配属されることになった。うちはこれからウェブ版にも力を入れていく予定だから、そのための補強人材だ。今後この部署の戦力になってもらえるよう、皆で仕事を教えてやってほしい」

彼の隣にいるのは小野で、佐和は驚きに目を見開く。

まさか彼が同じ部署に配属された新人だとは思わず、ひどく動揺していた。

(どうしよう、どうやって接するべき？　入ってきたばかりの新人と身体の関係があるなんて、かなりまずい)

グルグルと考え込む佐和をよそに、奥川がわくわくした顔で言う。

「まさか新人くんが、あんなイケメンだとはねー。背はまあ普通だけど、体型はスラッとしてるし、整った顔とかアイドルっぽいじゃん。早く話しかけたいな」

「……っ」

ドキリとして彼女を見た佐和は、すんでのところで言葉をのみ込む。

そしてひとつ咳払いをし、パソコンに向き直ってマウスを握りながら、努めて平静を装って言った。

「何言ってんの、もう。ほら、仕事仕事」

「えー、真面目だねえ、永岡。あんたこのあいだ、隣に住む年下くんがどうのとか言ってなかった？」

「今その話はやめて」

佐和のノリの悪さに不満げな顔をしつつ、奥川が自分の席に戻っていく。

そっと緒方のデスクのほうを窺《うかが》うと、彼と小野が話し込んでいるところだった。編集部内は十五人のスタッフがいるが、仕事をしていればいずれ関わることもあるだろう。

今後について考えるなら、小野との個人的な繋がりは断ち切ったほうがいい――そんな考えが思い浮かび、佐和は何ともいえない気持ちになった。

（とりあえず会社ではポーカーフェイスで通して、帰ってから小野くんと話をするしかないか。……どうしてこんなことになっちゃったんだろ）

彼は今日入社式だと聞いていたため、佐和はこのあいだのお礼とお祝いを兼ねて外での夕食に誘おうと考えていた。だがまさか自分の会社に入社してくるとは思わず、そんな気持ちが萎《しぼ》んでいく。

その後は頭を切り替え、何とか仕事をこなした。すると昼過ぎに回覧が回ってきて、その内容が〝新入社員歓迎会　出欠確認〟となっており、佐和は苦虫を噛み潰したような顔になる。

新しい人員が部署に加われば歓迎会が開催されるということを、すっかり失念していた。本当は行きたくない気持ちでいっぱいだが、さほど人数が多くない部署であるのに加え、校了後で比較的暇なこの時期に断れば何かと角が立つ。

かくして夜六時半、佐和は広告営業部企画制作グループの面々と共に歓楽街の居酒屋にいた。運よく予約が取れたらしく、貸し切りの個室で端の席をキープした佐和が乾杯のあとにさりげなく様子を窺うと、小野は早速女性社員たちに話しかけられている。

（小野くんは皆に囲まれてるし、わたしはなるべく近づかなければＯＫかな。うん、食べるのに専念しよう）

殻《から》付きの牡蠣《かき》にウニといくらが載ったものやチョレギサラダ、アサリのガーリックバター、モツ鍋などを黙々と食べていると、隣に座った奥川が呆《あき》れた顔で言う。

「何であんた、そんなに食べまくってんの。新人くんに話しかけに行こうよ」

「わたしはいいや。奥川一人で行っといでよ」

「ノリ悪いなー。何かあった？」

内心ドキリとしたものの、佐和は努めて平静を装って答えた。

「別に何もないよ。お腹空《なかす》いてるだけ」

「そう？」

近くの社員たちの追加ドリンクを聞き、店のスタッフにまとめてオーダーする。

すると奥川に脇腹をつつかれ、ムッとして「痛い。何なの」と言うと、彼女が目線で上座のほうを示した。視線を向けると、女性社員たちに頭を下げて立ち上がった小野が、こちらに歩み寄ってくる。そして佐和と奥川の傍にしゃがみ込み、挨拶してきた。

「新人の小野です。どうぞよろしくお願いします」

すると奥川がパッと笑顔になり、愛想よく答える。

「私は奥川知世、こっちは永岡佐和。私たち、同期で六年目なの」

「そうなんですか」

「よろしくねー。ほら、永岡も挨拶して」

彼女にせっつかれ、佐和は顔を引き攣らせながら口を開いた。

「永岡です。……よろしく」

「よろしくお願いします」

微笑む小野は爽やかな好青年といった雰囲気で、奥川がここぞとばかりに彼に話しかける。

「小野くんは、地元どこ？」

「札幌です」

「じゃあ、大学もこっちなんだ。どこに通ってたの？」

小野が「H大です」と答えると、彼女は目を丸くする。

「すごーい。頭いいんだね」

二人の会話をよそに、佐和は何ともいえない居心地の悪さをおぼえる。

いつまでも小野に対してぎこちない態度を取っていれば、奥川のみならず他の社員たちも不思議に思うに違いない。だがいまだ心の整理がつかず、どんな顔をしていいかわからなかった。

すると彼がこちらに視線を向け、折り目正しく言う。

「これから仕事を覚えていく中で、ご迷惑をおかけすることがあるかもしれません。ご指導ご鞭撻《べんたつ》のほど、どうかよろしくお願いします」

「うん、頑張ってね」

小野が他の社員に挨拶するため、頭を下げて去っていく。それを見送った奥川が、感心したようにつぶやいた。

「真面目そうないい子じゃん。彼女いるのかなあ」

「どうだろうね」

本当はいないのを知っているがあえて惚《とぼ》け、モツ鍋を頬張る。

やがて飲み会が終わり、社員たちが二次会に行くかどうかを話し合う中、佐和はあっさり告げた。

「わたしはこれで帰ります。お疲れさまでした」

「お疲れー」

地下鉄に向かって歩き出し、小さく息をつく。おそらく今回の主役である小野は、二次会に参加せざるを得ないだろう。つまり帰宅が遅くなるということで、話をする時間はない。

(もういっそ、メッセージで「個人的には会わない」って言っちゃおうかな。でもそれだと感じ悪いか)

このあいだ熱を出したときにいろいろ買ってきてくれたこと、そしてお粥を作って部屋の掃除までしてくれたことを思えば、その対応はあまりに不誠実すぎる。

やはりちゃんと顔を合わせ、話し合うしかない。そう考えながら地下鉄のホームに向かって階段を下りていると、ふいに後ろから「佐和さん」という声が聞こえる。

驚いて振り向くと小野がいて、佐和は眉を上げて問いかけた。

「小野くん、二次会に行ったんじゃなかったの？」

「誘われたんですけど、丁重にお断りしました。『明日の仕事に差し支えるので』って言ったら、納得してもらえて」

「そっか」

確かに新人にそう言われたら、強要できないに違いない。

自宅は同じマンションのため、連れ立ってホームに向かう。肩を並べて歩きながら、佐和はボソリと言った。

「小野くんの就職先がうちの会社だなんて、わたし全然知らなかったんだけど」

「そうですね。俺もこのあいだ、佐和さんの家を片づけていて気づきました。会社の封筒があったので」

「何であのときに言ってくれなかったの？　今日突然、編集長に『新入社員です』って紹介されて、わたしがどれだけ驚いたか」

ちょうど地下鉄がホームにやって来て、それに乗り込む。ドア付近に並んで立ちながら、小野が落ち着いた口調で答えた。

「言ったところで俺の入社を取りやめられるわけじゃありませんし、たぶん知ったら佐和さんは俺との個人的な繋がりを断ち切ろうとするんじゃないかなと思って。それは嫌なので、あえて黙っていたんです。でもまさか同じ部署だとは思いませんでした」

佐和は苦虫を噛み潰したような顔になりながら、ため息交じりに言う。

「繋がりを切るのは当たり前でしょ。新入社員と先輩社員のわたしが個人的に親しくしてるなんて、周りにどういう目で見られるか」

「それなんですけど、言わなきゃいいだけの話じゃないですか？」

彼があっさりそう告げてきて、佐和は「えっ」と言って小野を見る。彼は淡々とした口調で言葉を続けた。

「そもそも誰とつきあってるとか、プライベートをすべて同じ部署の人に明かす義務はないですよね。俺と佐和さんの自宅が隣同士だっていうのも、わざわざ言わないとわからないことですし」

「それは……そうかもしれないけど」

人事部の人間ならばよくよく履歴書を見れば気がつくかもしれないが、個人情報に関して守秘義務があるため、あえて吹聴はしないだろう。そんなふうに考える佐和に、小野が言う。

「会社では節度を持った態度を取り、親しさを表に出さないと約束します。だから〝練習〟を続けてもらえませんか」

彼にじっと見つめられ、佐和の心が揺れる。

確かに小野の言うとおり、自分たちの個人的な繋がりはわざわざ口に出さなければわからないだろう。だがここにきて「六歳も年上の自分が、社会人になりたての青年と爛れた関係なのはどうなのか」という躊躇いがこみ上げ、すぐには答えられない。

すると彼が、出入り口のドアの外の暗さを眺めながらさらりと言う。

「——佐和さんがＯＫしてくれるなら、俺は毎日晩飯を作りますよ」

「えっ」

「どうせ自炊するので、ついでですから。それに週一回くらいなら、部屋の掃除もしてあげます。家事代行サービスに申し込むと結構な値段がしますけど、俺の労働力なら無料《タダ》ですし。どうですか」

それはひどく魅力的な提案だった。

小野の料理の上手さは既に知っており、普段出来合いのものを食べている佐和は「手料理って、こんなにホッとするものなんだ」と考えていた。

しかも月曜に彼が片づけてくれた部屋は快適で、やはり汚い部屋に住んでいると心まで荒んでいくのだと実感している。現に校了前で多忙だったこの一週間のうちに部屋は徐々に元どおりになってきて、少しずつ憂鬱な気持ちがこみ上げていた。

もし小野がしてくれるのなら、自分の生活は劇的に改善することになる。そう考え、佐和はおずおずと問いかけた。

「本当にいいの？　小野くんもこれから仕事が始まるんだし、大変なんじゃ」

「でも生活に関することは、働いていてもしなきゃならないわけですから。本当に忙しくなったら食事は作れないかもしれないですし、そこは厳密には約束できませんけど」

「そんなの当然だよ。うちの部署は校了前は忙しくて、きっとそれどころじゃなくなるもの」

佐和は咳払いし、小さく言う。

「えっと……じゃあ、お願いしていいかな。もちろん食費は払うし、部屋もなるべく散らかさないように努力するから」

食費を「五万円でどうか」と申し出ると、彼は呆れた顔になる。

「出来合いならともかく、自炊だとそんなにかかりませんよ」

「いいの。買い物や作る手間があるんだから、この金額は受け取ってほしい」

歓楽街から最寄り駅まではわずか一駅で、すぐに到着する。

階段を上がり、改札口をＩＣカードで通過して地上に出ると、ひんやりとした夜気が足元を吹き抜けた。これまで隣人でセフレだった小野が、今日から同じ部署内の後輩になる。それはひどく落ち着かないものの、仕事として割りきろうと考えた。

（何だか不思議な縁だけど、まあいいか。お互いフリーなんだし、大人なんだからライトに考えればいいよね）

「小野くん、明日もスーツで出勤するつもりなの？」

「カジュアルでいいって言われたので、きれいめの恰好にしようと思ってます」

「そっか」

五分ほど歩き、自宅マンションに到着する。エレベーターに乗り込み、六階で降りて自宅の玄関前まで来た佐和の腕を、ふいに小野がつかんできた。彼はこちらを見つめ、クールな表情で言う。

「〝練習〟したいんですけど、いいですか」

「小野くん、さっき『明日の仕事に差し支えるので』って言って二次会を断ったんじゃなかった？」

「あれは建前ですよ。佐和さんがさっさとパスして帰ってしまったので、俺も断っただけです」

小野は「それに」と言葉を続け、こちらに身を寄せて耳元でささやく。

「二次会より、佐和さんとしたかったのが一番の理由かもしれません。何しろ最後に抱き合ってから十日以上経ちますから」

「……っ」

ひそめた声が色っぽく、その言葉の内容も相まって佐和の頬がかあっと赤らんでいく。

パッと見は性欲などまるでなさそうな草食系の顔をしているのに、実際はそうでないのはこれまでで実証済みだ。思わず気持ちを顔に出してしまったのを悔しく思いつつ、佐和は何とか主導権を握るべくつんとして答えた。

「しょうがないな、いいよ。でも、あんまり長いのは無理。明日も仕事だから」

「了解です」

彼が小さく笑みを浮かべ、自宅の玄関の鍵を開ける。

誘われるがままに足を踏み入れた佐和は、小野の腕をぐいっと引き寄せ、彼に口づけた。すると虚《きょ》を衝《つ》かれた様子の彼がこちらの後頭部を片方の手で抱え、キスに応えてくる。

「ん……っ」

恋でも愛でもなく、誰にも言えない秘密の関係だが、目の前の小野のことは嫌いではない。

そんなふうに考えながら佐和は彼の首に腕を回し、キスの続きに没頭した。

＊＊＊

朝倉出版は地元に関する書籍や雑誌の出版、イベント企画をする会社で、ビルの二フロアを借り切った社内にはいくつも部署がある。

中でも広告営業部企画制作グループはタウン情報誌〝ease〟の制作を行う部署であり、取材や編集業務に追われて多忙だった。

そこに新入社員として配属されて一ヵ月余り、朝九時に出勤した奏多は、まずはパソコンを起動させてメールのチェックをする。任されているのは原稿が遅れ気味の外部ライターへの催促で、先輩社員に教わった角を立てない言い回しでメールを作成し、送信した。

編集アシスタントという身分のため、まだ取材や原稿の執筆は許されていない。だが毎日五つネタ出しするのをノルマとして課されており、過去の刊行物や新聞、ネットなどから現在のトレンドなどを加味して〝もし自分が企画会議に出すなら〟というコンセプトで案をまとめる。

その傍ら、先輩社員から頼まれたアポ取りをするのも重要な仕事だ。カメラマンやイラストレーター、資料が必要な企業にコンタクトを取り、打ち合わせの日時を決める。今回はかねてから編集部が頼みたいと考えていたイラストレーターに繋ぎが取れたため、その旨を担当者に報告するべくメモをまとめた。

最初こそ奏多は仕事を編集デスクである緒方から教わっていたが、彼は自身の多忙さを理由に他の者に任せ、今は複数の社員からその都度業務について教わったり仕事を割り振ってもらっている。

一度教わった内容を何度も聞いて相手を煩わせないよう、奏多は業務の手順を細かくメモにまとめてフィードバックしていた。一段落してオフィス内を見回すと、だいぶ離れた席に座って何やら電話をしている佐和の姿が見える。

職場での彼女はいつもきびきびしていて、いかにも仕事ができる雰囲気を醸し出していた。雑誌に掲載される記事をいつも複数掛け持ちしており、取材や撮影、原稿執筆、外部との打ち合わせに走り回っていて、つくづく忙しい職種なのだと感じる。

(仕事であんなに走り回ってたら、確かに家では何もしたくないって気持ちになるよな。とはいえ、佐和さんの家事能力の低さは致命的だけど)

奏多が佐和と親しくなって、一ヵ月余りが経っている。

雨の日に傘をシェアしたのをきっかけに初めて抱き合い、その後〝練習〟と称して身体の関係を継続中だ。入社式の日に互いに同じ職場であることに驚いた彼女は、関係を解消してただの先輩後輩になったほうがいいと考えていたようだった。

だがそれを察知した奏多は夕食を作ること、そして週に一度佐和の部屋の掃除をすることを提案し、彼女に距離を置かれそうになるのを何とか阻止した。

あれから一ヵ月余り、彼女との関係は至って良好だ。平日は奏多が作った夕食を一緒に食べ、ときどきは外食する。佐和が友人と飲み会だったり、何か用事があるときは作らなくていいため、さほど負担ではない。

会うたびに抱き合うわけではないものの、頻度としてはかなり高く、奏多は満足していた。回を増すごとに肌が馴染み、快感が増していて、行為は熱を帯びている。

それでいて会社では親しさを一切出さず、言葉を交わしたことはほとんどなかった。奏多は大抵他の社員に仕事を教わったり、頼まれたデスクワークをしていて、佐和と絡む機会がない。

（たぶん、このくらいの距離がちょうどいいんだろうな。佐和さんは俺との関係を周りに気づかれるのを警戒してるし）

企画会議のときに末席から話を聞いていると、彼女はかなり積極的に発言していた。

それぞれが企画を持ち寄ってプレゼンするが、佐和は視点が面白く、あらゆる分野に精通している。打ち合わせや取材、撮影などで外出するのは頻繁で、戻ってきてから記事を書いたり電話で先方とやり取りをしており、暇そうにしているのを見たことがない。

彼女がこちらの視線に気づいて顔を上げそうになり、奏多は何食わぬ様子で目の前のパソコンのディスプレイを見つめた。昨日まではゴールデンウィークで、そのあいだ佐和とは一度も会わなかった。彼女は女友達と旅行に出掛け、奏多も友人と音楽フェスに行ったり地元で飲み会があったりと多忙な休暇を過ごしていたため、今日は久しぶりに顔を見たことになる。

とはいえトークアプリでは一日に数回やり取りをしていて、佐和は旅行先の九州からたくさんの写真を送ってくれ、それほど離れている気はしなかった。今は校了後の比較的暇な時期で、「今夜は会えるかな」と考える。

（実家から帰るときにいろいろおかずを持たされたから、冷蔵庫の中は充実してる。それをネタに佐和さんを誘おう）

昼休み、席を立った奏多は昼食を買うべくコンビニに向かう。入社する前は余裕があれば弁当を作ろうと考えていたものの、実際に働き始めると思いのほか大変で、早々に諦めた。今はコンビニや移動販売の店で購入したりと、その日の気分によって変えている。

財布を手にエレベーターホールに向かった奏多は、ふいに背後から「小野さん」と呼び止められた。

「はい?」

振り返るとそこには同期入社の女性が他の女性社員と一緒にいて、奏多は足を止める。

(彼女は同期の……確か渡辺《わたなべ》さんだ)

同期で入社した五名のうち、二名が女性だったが、渡辺はトークアプリで繋がった直後から頻繁にメッセージを送ってきていた人物だ。

奏多が極めて事務的に対応していたこと、互いに配属先で仕事を覚えるのに忙しい時期なのが重なって最近は間隔が間遠になっていたが、彼女はうれしそうに言う。

「同じ階なのに、部署が違うと全然会わないね。どう、上手くやってる?」

「おかげさまで」

「あ、こちら、わたしの一年先輩の嶋田さん。嶋田さん、彼が噂の小野さんです」

するとフェミニンな容姿の嶋田が、こちらを見てニッコリ笑いかけてきた。

「初めまして、総務部の嶋田です。今年の新人さんですごいイケメンがいるっていう噂だったんですけど、小野さん、本当に恰好いいですねー。総務部《うち》は普段から他の部署の人たちと飲み会をしてて、次回は小野さんもお誘いしたいんですけど、どうですか？」

　要は合コンの誘いらしく、嶋田は容姿に自信があるのかニコニコした表情を崩さない。

　おそらくはそれを口実に連絡先を交換し、飲み会に先んじて距離を縮めようという作戦なのだろう。奏多が口を開きかけた瞬間、ふいに澄んだ声が響く。

「悪いけど、小野くんは今仕事を覚えるので大変な時期だから、そういう誘いは遠慮してもらっていいかな」

　驚いて声がしたほうに視線を向けると、そこにはたまたま通りかかったらしい佐和がいた。彼女に気づいた嶋田は、一瞬ギクリとしたように肩を揺らして言う。

「永岡さん、どうしてここに……」

「どうしてって、お昼を買いに行こうとしたら、たまたま会話の内容が聞こえたから」

「でも飲み会は仕事が終わったあとですし、いわばプライベートですよね？　永岡さんがとやかく言うことじゃないと思うんですけど」

　精一杯言い返す彼女に、佐和がにべもなく告げる。

「そうかな。新人にとってこの時期もっとも優先するべきなのは仕事を覚えることなのに、他に気が散るような誘いは不謹慎じゃない？　特に広告営業部企画制作グループは専門的な部署だし、早く戦力になってもらわないと困るんだよね」

佐和が一旦言葉を切り、「それに」と付け足す。

「嶋田さんは大事な彼氏がいるんだから、そういう飲み会に参加するのはどうかと思うけどな。余計なお世話かもしれないけど」

「……っ」

〝大事な〟と強調された嶋田がぐっと言葉に詰まり、押し黙る。

その様子を渡辺がハラハラしながら見ており、廊下を行き交う社員の何人かが興味深そうな視線を向けていた。これ以上二人に話をさせるべきではないと判断した奏多は、事態を収拾するべく口を開く。

「嶋田さん、永岡さんの言うとおり、僕は今仕事に専念するべき時期です。お誘いは大変ありがたいのですが、今回は遠慮させてください」

「そ、そう。じゃあ落ち着いた頃に、また誘わせてもらいますね」

嶋田が気まずげな顔でそうつぶやき、隣に立つ渡辺に小声で「行こう」と促す。

渡辺が佐和にペコリと頭を下げ、二人が連れ立って去っていった。それを見送り、奏多は佐和に視線を向けて礼を言う。

「永岡さん、助けていただいてありがとうございました」

「ううん。こっちこそ、余計な口を出してごめんね」

彼女はばつが悪そうにそう答え、「じゃあ」と言ってそそくさとエレベーターホールに向かう。

佐和がエレベーターに乗り込んでいったあと、奏多は次にやって来たものに乗って一階に下り、隣のビルの前にある移動販売の車に向かった。そして野菜とハムのサンドイッチとコーヒーを買い、オフィスに戻る。

するとだいぶ離れた席で、佐和が雑誌を見ながら春雨スープとおにぎり、サラダという昼食を食べているのが見えた。奏多は自身のスマートフォンでトークアプリを開き、彼女にメッセージを送る。「今夜、うちに晩飯を食べに来ませんか」「今日のメニューは棒棒鶏《バンバンジー》とニラのチヂミ、それとうちの実家からもらってきたおかずのあれこれです」と書いて送信すると、すぐに佐和から返事がきた。「行く」という言葉と一緒に大喜びするキャラクターのスタンプがついていて、それを見た奏多はつい微笑む。

(……可愛いな)

佐和は料理が苦手なものの、奏多が作るものは何でもモリモリ食べ、いつも笑顔で感想を言ってくれる。

その表情は素直で嘘がなく、見るたびに奏多はうれしくなっていた。午後からは先輩社員からテープ起こしのやり方を教わり、雑務をこなしたあと午後五時半に退勤する。

地下鉄を降りてスーパーで軽く買い物をし、自宅に戻った。そして米を研いで炊飯器のスイッチを入れ、料理を始めると、三十分ほどしてインターホンが鳴る。

モニターを見ると佐和で、奏多は玄関の鍵を開けて言った。

「お疲れさまです」

「お疲れ。何だかここに来るの、すごく久しぶりだね」

今年のゴールデンウィークは飛び石で、五月一日と二日は平日、そのあと五連休になっており、彼女が小野の自宅に来るのは六日ぶりだった。佐和が紙袋を差し出し、笑顔で言う。

「これ、九州のお土産。お菓子は全部会社に持っていったけど、小野くんには他に辛子明太子を買ったんだ。試食したら美味しかったから」

「ありがとうございます」

早速このあとの夕食に出すことにして、キッチンに戻った奏多は料理の仕上げをする。

やがてテーブルに、所狭しと料理が並んだ。ざく切りにした水菜を敷いた皿にくし形に切ったトマトを円形に並べ、その上に蒸し鶏と小口切りにした万能ねぎ、濃厚な胡麻ソースを掛けた棒棒鶏は、簡単だが見栄えのする料理だ。

ニラのチヂミは薄力粉と片栗粉、鶏がらスープの素と塩、水で作った生地にニラを入れて胡麻油で焼いたもので、これも簡単にすぐできる。

その他、実家の母親から持たされた肉じゃがや人参とツナの卵炒め、ごぼうサラダなどを並べると、佐和が目を輝かせて言った。

「美味しそう。すごいご馳走だね」

「佐和さんからもらった明太子も、ご飯に載せてどうぞ」

「いただきます」

白菜の味噌汁を啜り、棒棒鶏を頬張った彼女が、「んっ、美味しい」とつぶやく。

チヂミには酢醤油《すじょうゆ》にラー油を加えたものを付けるとさっぱりと食べられ、佐和がしみじみと言った。

「やっぱり小野くんのご飯、美味しい。しばらく食べてなかったから、余計にそう思っちゃう」

「褒めすぎですよ。どっちも簡単で、すぐできますから」

「お母さんの料理も、すっごく美味しいよ。でも、わたしがご相伴に与《あずか》ってもよかったのかな。息子のためにせっせと用意してくれたはずなのに」

「一人じゃ多すぎる量だったので、気にしないでください」

奏多はビールを一口飲んで「ところで」と言い、彼女を見る。

「今日の昼休みのことですけど、佐和さん、あの総務の人と何かあったんですか」

「えっ？」

「彼女……ええと、嶋田さんでしたっけ。佐和さんの顔を見るなり何だか落ち着かなくなったというか、ぎこちない態度になっていたので」

するといささか佐和が「ああ」とつぶやき、何ともいえない表情で答える。

「彼女とは、まあ……いろいろあって」

「いろいろって？」

奏多の追及に、彼女は言いにくそうな顔で言葉を続けた。

「つきあってた彼氏を、嶋田さんに取られたの。彼女は最初彼女持ちだって知らなかったらしくて、わたしとつきあっていながら浮気をした男のほうが悪いんだけど、そのあとが最悪で」

彼女いわく、嶋田はわざわざ会社の廊下で「自分は彼と永岡さんがつきあっているのを知らなかった」「だから苛めるのはやめてください」と言ってポロポロ泣き、自分より社歴の長い佐和に何かされないよう予防線を張ったらしい。

「そのあと社員たちのあいだで、『企画制作グループの永岡が、総務の若い子をいびって泣かせてた』っていう噂が立ってるって奥川が教えてくれた。本当に知らなかったなら黙ってればいいのに、わたしがあたかも後輩いびりをする人間だっていうふうに仕立て上げたのが許せなくて。こっちから嶋田さん本人に何か言ったことはないけど、向こうは後ろ暗いことがあるからビクビクしてたんじゃないかな」

「……そうだったんですか」

「わたしから奪った男とつきあってるくせに、〝他部署との交流〟っていう名目の合コンを主催してるのにもカチンときたんだよね。しかも、イケメンだって評判の小野くんに今のうちに唾つけておこうっていう魂胆が見え見えでしょ。だからあのとき口を挟んだのは、完璧な私怨なの。巻き込んじゃってごめん」

佐和がそう謝ってきて、奏多は首を横に振る。

「謝らなくていいですよ。俺もそういう飲み会は面倒なんで行きたくないですし、最初から断るつもりでいたので」

だがどうしても気になる点があり、奏多は「でも」と言って彼女に問いかける。

「そのつきあってた彼氏って、一体誰なんですか？　俺の知ってる人とか」

すると佐和が一瞬ぐっと言葉に詰まり、視線をそらしてボソリと答える。

「……緒方和志」

「えっ？」

「広告営業部企画制作《う》《ち》グループのデスクの。公にはしてなかったんだけどね」

彼女の元彼が同じ部署のデスクである緒方だとわかり、奏多は驚きに目を見開く。

雑誌編集部におけるデスクとは、編集長、副編集長の下にいる人物で、編集者たちの企画や記事に対する具体的なアドバイスをしたり、制作の進行管理や予算管理を行うポジションだ。

取材先や広告代理店の担当者を相手とした営業マン的な役割も担っており、いわば編集者たちのリーダー的存在だといえる。

奏多の目から見た緒方は、己の能力に自信があるタイプだった。年齢は三十三歳で男として脂がのっている時期であり、服装がおしゃれで顎鬚《あごひげ》もよく似合っている。

(確か嶋田さんって、俺や渡辺さんより一年先輩だって言ってたな。緒方デスクは佐和さんとつきあっていながら、十も年下の子に手を出してたのか)

佐和と彼が交際していたのをリアルに想像した瞬間、奏多の胸に湧き起こったのは、ひどく不快な感情だった。

見ず知らずの相手ならともかく、毎日会社で顔を合わせる人間が彼女の身体に触れていたのだと思うと、何ともいえない気持ちになる。

するとこちらが箸を止めたのに気づいた彼女が、不思議そうに問いかけてきた。

「小野くん、どうかした?」

奏多は咄嗟に表情を取り繕い、食事を再開しつつ答えた。

「いえ。――何でもないです」

食べ終わったあと、残った料理を他の器に移し替えたり、食器を洗ったりという後片づけがあるが、佐和はいつも積極的に手伝ってくれる。洗い終えた食器を拭きながら、彼女が「あのね」と言った。

「小野くんに食費と掃除の手間賃として五万円払ってるけど、もう少し出したほうがいいと思うんだよね」

「何でですか」

「だって小野くんのおかげで、わたしの食生活はすごく改善したもの。週に一回掃除してくれるおかげで家もそこそこきれいに保てるようになってきたし、明らかに五万円以上の価値があるから」

それを聞いた奏多は、シンクの中に残っている食器をすすぎながら答える。

「本当は五万でも多すぎるくらいですよ。佐和さん一人分の食費はそれほどかかってないですし、部屋の掃除も週一回だとそんなに負担でもないので」

「でも」

「それに〝対価〟なら、こっちで欲しいかな」

そう言って隣に立つ佐和に顔を寄せ、奏多はキスをする。

触れるだけでわずかに唇を離し、再び塞いで舌をそっと絡めた。

「ん……っ」

蛇口からお湯が流れっ放しだったため、奏多はキスを続けながら片方の手でそれを止めた。佐和が手にしたままだった皿と布巾《ふきん》もやんわり取り上げ、作業台に置く。

そして彼女の身体をシンクに押しつけ、より口づけを深くした。

「……っ、ふ……っ」

六日ぶりに触れた途端に飢餓感が募り、奏多はつい執拗に口づける。

先ほど佐和の元交際相手が緒方だと聞いてから、心がひどくざわめいていた。彼女への独占欲と、「今この身体に触れられるのは自分だ」という思いがこみ上げ、たまらなくなっている。

佐和の胸元に触れた瞬間、華奢《きゃしゃ》な身体がビクッと震えた。奏多の手を押し留め、彼女が遠慮がちに言う。

「小野くん、わたし、シャワーを浴びたいんだけど……」

「あとでいいです。一週間くらい佐和さんに触れられていなかったので、我慢できません」

言いながら腰を強く押しつけ、半ば兆した昂ぶりをアピールすると、佐和がかあっと頬を赤らめる。そして上目遣いにこちらを見つめて言った。

「そんな涼しげな顔してるくせに……小野くんって結構性欲強いよね」

「まだ若いんで」

「でも、やっぱりシャワーは浴びたい……あっ」

顔を寄せて耳朶を食むと、彼女が声を上げながら首をすくめる。

舌先で輪郭をなぞり、耳孔に舌を入れると、佐和が身体を震わせた。わざと水音を立てて舌先でくすぐり、奏多は彼女の胸を揉みしだく。押し返す弾力が手に愉しく、ときおり指先で先端部分を引っ掻く動きに、佐和の呼吸が次第に荒くなった。

「は……っ、ぁ……っ」

シフォンブラウスの前ボタンを外した途端、ブラに包まれたきれいな胸のふくらみが現れる。カップをずらした奏多は、あらわになった先端に舌を這わせた。チロチロとなぞり、ちゅっと音を立てて吸い上げると、彼女が眉を寄せて呻く。

「ん……っ」

硬くなったそこを、奏多は執拗に愛撫する。

舌の表面のざらつく部分で押し潰したり、乳暈だけを舌先でなぞったり、ときおり強く吸いつく動きに翻弄された佐和が、こちらの髪に触れて言った。

「……っ、何でそこばっかり……っ」

「他も触ってほしいですか？」

胸への愛撫を続けながら、奏多はスカートの下の彼女の太ももに触れ、じっくりと撫で上げる。ストッキングの中に手を入れたところ、下着のクロッチ部分がじんわりと湿っていた。そこを指でなぞるうちに下着の中がぬるつき始め、奏多はクロッチの横から指を入れる。

「うぅっ……」

花弁は既に愛液をにじませ、触れると指がぬるりと滑った。

ぬめりを纏った指で敏感な花芽を弄った瞬間、佐和の太ももがかすかに震える。彼女は奏多の二の腕を押さえ、押し殺した声で言った。

「小野くん……ここは台所だから……っ」

「そうですね。でも、たまには立ってするのもよくないですか」

「えっ？　……んんっ」

蜜口から指を挿入すると、佐和が小さく呻く。

立っているせいか中は狭く、内襞が二本の指にきつく絡みついてきた。少し強引に奥まで埋める動きに、彼女がきつく眉根を寄せる。だがすぐに愛液がにじみ出し、抽送がスムーズになった。

「ぁっ……うっ、……は……っ」

蜜口に埋めた指で内壁を擦り、奥をぐっと突き上げる。

動かすたびに果実を潰したような水音が聞こえ、愛液でぬめる柔襞の感触が奏多の欲情を煽った。

シンクに腰を押しつけられている佐和はこちらの二の腕をつかみ、やや前のめりになって抽送に耐えている。

切れ切れの喘ぎに苦痛の色はなく、むしろ普段とは違うシチュエーションに興奮しているのが伝わってきた。溢れ出た愛液が指を伝い、手のひらに溜まる。やがてぐっと奥を突き上げた瞬間、彼女が小さく声を上げて達した。

「あ……っ！」

隘路がきつく収縮し、指を締めつける。

熱い愛液がどっと溢れ出し、下着を濡らしていた。絶頂の余韻に震える内壁の動きを堪能してから、奏多は指を引き抜く。

そしてスーツの胸ポケットから避妊具を取り出し、口でパッケージを破った。

「何でそんなの、持ってるの……」

佐和が上気した顔でそう問いかけてきて、奏多はチラリと笑って答える。

「さっき寝室に行って、取ってきたんです」

慣れた手つきで自身に薄い膜を被せ、奏多は彼女の片方の脚を抱え上げる。

そしてシンクの縁にその身体を押しつけながら、蜜口に切っ先をあてがった。

「ぁ、待って……っ」

「俺につかまってください。挿れますよ」

「うぅっ……」

ぬかるみの中に亀頭をのみ込ませ、幹の部分をじわじわと埋めていく。

立っている姿勢と佐和の身体に力が入っているせいで抵抗が強く、内部のきつさに思わずぐっと奥歯を噛んだ。何度か抜き差しを繰り返し、屹立を根元まで挿入する。こちらの首にしがみついた彼女が、切れ切れにつぶやいた。

「ぁ……っ……おっき……っ……」

「久しぶりなので。動いていいですか」

佐和が頷き、奏多は緩やかに律動を開始する。

中の抵抗が強く、いつもより狭く感じる隘路に繰り返し剛直を突き入れる動きは、奏多に得も言われぬ愉悦を与えた。内壁がビクビクとわななき、楔を締めつける。彼女のこめかみに唇を押し当てると間近で視線が合い、どちらからともなくキスをしていた。

「うっ……んっ、……は……っ」

突き上げる動きを緩めないまま、互いの舌を絡ませる。

蒸れた吐息を交ぜつつ佐和の口腔を深く探ると、昂ぶりを受け入れた隘路がきゅうっと収縮した。それに熱い息を吐き、角度を変えてなおも口づけた奏多だったが、佐和の脚が震えていることに気づく。

「……一旦抜きますよ」

楔をズルリと引き抜いた奏多は、佐和の身体を裏返しにする。そしてシンクの縁につかまらせ、腰を引き寄せて後ろから再び挿入した。

「あっ……！」

しとどに濡れている秘所は苦もなく剛直をのみ込んでいったが、先ほどより深くまで入り、締めつけ方もまるで違う。

（あー、すごい。……気持ちいい）

彼女のウエストをつかんで腰を打ちつけつつ、奏多はこみ上げる射精感をじっと押し殺す。

今こうしているあいだの佐和は自分のものだと思うと、心が満たされる。だがこの身体を緒方も抱いたのだと考えた途端、焼けつくような嫉妬の感情がこみ上げ、苛立ちに顔を歪めた。

（俺は、この人が好きだ。……他の誰にも渡したくないくらい）

第一印象は〝隣に住む、きれいなお姉さん〟というものだったが、ひとたび言葉を交わすと彼女の気さくさやあっけらかんとした性格に心惹かれた。

身体の関係ができるとベッドでの艶っぽさと媚態にまんまと嵌まり、日を置かずに抱き合っている。だが最初に勢いでした上、今の自分たちはギブアンドテイクの〝セフレ〟という関係で、おいそれと気持ちを言葉に出せない。

（でも……）

自分は佐和の、恋人になりたい。

利害抜きで一緒にいられるような関係になりたいという思いが、奏多の中に強くこみ上げていた。衝動のままに繰り返し昂ぶりを彼女の中に埋めながら、奏多はささやく。

「……っ、佐和さん、もう達ってもいいですか」

佐和が何度も頷き、奏多は一気に抽送を速める。

彼女の嬌声《きょうせい》がじりじりと射精感を煽り、肌がじんわりと汗ばんでいた。狭い内部がわななきながら締めつけをきつくし、佐和が声を上げる。

「あっ！　……はぁっ……ぅっ……あ……っ！」

ビクッと背をしならせて彼女が達し、奏多もほぼ同時に熱を放つ。

射精を促すように柔襞がゾロリと蠢き、搾り取る動きをするのがひどく心地よかった。腰を強く押しつけたまま膜越しに射精を終え、奏多は充足の息をつく。佐和が息を乱しながらその場にへたり込んでしまい、慌てて声をかけた。

「佐和さん、大丈夫ですか？」

「……うん。ちょっと疲れただけ……」

立ちっ放しという姿勢が思いのほか身体に負担をかけてしまったのかもしれないと考え、奏多は大いに反省する。

彼女に手を差し伸べて立ち上がらせてやりながら、奏多はふと思いついて提案した。

「佐和さん、一緒に風呂に入りませんか」

「お風呂？」

「いい匂いの入浴剤を入れてお湯に浸かれば、疲れも取れると思うんです。髪も身体も全部洗ってあげますから」

何なら髪も乾かすと申し出ると、佐和が噴き出して言う。

「すごい、至れり尽くせりだね」

「疲れさせてしまったお詫《わ》びです」

「うれしい。普段はわたし、シャワーしか浴びないから」

それを聞いた奏多は、早速浴槽に湯を溜めるべくバスルームに向かう。そして注水を始めながら、どんなふうにアプローチすれば彼女が自分を好きになってくれるのかを考えた。

（まずは佐和さんの、恋愛対象にならないとな。今の俺は、便利だけど頼りがいのない年下の男に過ぎないんだから）

かつてつきあっていたのが佐和より五歳も年上の男だと思うと、自分と彼女の六歳の差が恨めしくなる。

だが年齢は動かしようのない事実なのだから、心情的な部分を努力で埋めるしかないのだろう。

そう考え、小さく息をついた奏多は気持ちを切り替えて入浴剤を選ぶべく、脱衣所の棚を開けた。

第五章

地域密着型の情報誌〝ease〟の内容は、グルメやイベント、ファッション、美容など多岐に亘る。

佐和が担当するのは飲食店とファッションのページが多く、常にインターネットやＳＮＳ、他社の雑誌をリサーチして最新の情報をインプットしていた。

今日は午前十時半からファッションページの撮影があり、いつもより早めに出勤してモデルに着用させるコーディネートを仕様書を見ながらチェックした。撮影に使うためのスタジオは既に押さえていて、準備は万端だ。

オフィスに戻るとベテラン女性社員である橋本《はしもと》に手招きして呼ばれ、彼女の傍に小野が立っているのを見た佐和はドキリとする。橋本が意外なことを言った。

「永岡さん、今日はこれからロケでしょ。小野くんを一緒に連れていってあげてくれる？」

「えっ」

「モデルの撮影、今まで見たことがないって言うから」

佐和は内心動揺したものの、努めて平静を装いながら彼女に告げた。

「あの……でも撮影が終わったあと、わたしは〝nil《ニル》〟の秋冬展示会に行く予定なんです。会社への戻りが遅くなるかもしれなくて」

「ああ、それも一緒に連れていってあげて。永岡さんのスケジュールで動いて構わないから、お願いね」

そのとき橋本のスマートフォンが鳴り、彼女が電話に出る。小野がこちらに視線を向けて折り目正しく言った。

「永岡さん、よろしくお願いします」

「う、うん」

彼が入社して一ヵ月余りが経つが、これまで仕事で絡んだことはなく、佐和は複雑な気分になる。

しかし「割りきらなければ」と考え、表情を引き締めて小野に向かって告げた。

「今日は十時半から白石区本通《しろいしくほんどおり》にあるスタジオで、ファッションページの撮影があるの。カメラマンさんやスタイリストさん、モデルさんも来るから、わたしがどういうふうに動いてやり取りしているかをよく見ておいて」

「はい」

「そのあとはファッションブランド〝nil〟の展示会が中央区《ちゅうおう》で開かれてるから、そこに顔を出す予定。会社に戻ってくるのは午後三時くらいで、そのあとは社内のスタジオで物撮《ブツど》り」

「物……」

「雑誌に掲載するファッションアイテムを、単体で撮ることだよ」

「わかりました」

佐和は社用車に撮影で使用する衣装などを積み込み、午前九時過ぎに会社を出る。

ハンドルを握る様子を見て、小野が助手席から言った。

「永岡さん、免許持ってたんですね」

「あると仕事で便利だから。プライベートでは、全然運転しないんだけど……。小野くんは？」

「僕も免許はありますが、車は実家に置いています。独り暮らしだと、駐車場代がかかるので」

「わたしと同じだね」

彼は一応仕事として線引きしているのか、二人きりでもこちらを下の名前で呼ばず、一人称も対外的な〝僕〟で通していて、佐和は内心それを評価する。

（ちゃんとオンオフを切り替えてるんだ。もし馴れ馴れしい態度を取ったら注意しなきゃって思ってたけど、何だか意外）

国道三十六号線を走り、南郷通《なんごうどおり》を目指す。

約三十分の道のりは互いに何となく言葉少なだったが、仕事モードの佐和は気にしなかった。やがて一軒家タイプの撮影スタジオに到着し、間もなくカメラマンとスタイリスト、ヘアメイクとモデルもやって来る。彼らと挨拶を交わした佐和は、小野を紹介した。

「弊社の新入社員の、小野です。今日は助手として連れて参りました」

「小野と申します。どうぞよろしくお願いいたします」

名刺交換を済ませ、早速撮影準備に入る。

建物は自然光がふんだんに入り、無垢材のナチュラルな床と漆喰《しっくい》の塗り壁、選び抜かれた家具が目を引くスタイリッシュな空間だった。

壁の一部はグレーに塗られており、観葉植物のグリーンや小道具が映えるようになっている。モデルがメイクと着替えをするために個室に入り、そのあいだ佐和は事前に作成したラフ画を基に、カメラマンと光の入り具合を見ながらどの場所でどういうアングルで撮るかの打ち合わせをした。

やがてモデルが出てきて、ヘアメイクとスタイリストが前髪の具合や衣服の細かい部分を直す。そして撮影が始まったが、その様子を小野は真剣な眼差しで見ていた。ときおりメモも取っており、彼の態度は真面目そのものだ。

カメラの前でポージングするモデルの様子を眺めた佐和は、カメラマンの撮ったものをモニターで確認し、スタイリストに向かって笑顔で言う。

「可愛いですね。この角度とか、スカートの軽やかさが出ていて素敵です」

「そうですね。色はターコイズブルーか赤で迷ったんですけど、こっちで正解だったかも」

撮影は正午で終了し、「お疲れさまでした」と告げた佐和は、撮影に関わったメンバーを笑顔で送り出す。

そしてスタジオ内に忘れ物がないかどうかをチェックしたあと、オーナー会社のスタッフが差し出した書類にサインし、小野と一緒に車に乗り込んだ。

「お昼は街中で食べようか。わたしが決めたお店でいい？」

「はい」

「どうだった？　今日の撮影」

すると彼は、自分が取ったメモを見ながら答える。

「撮影を円滑に進めるためには、事前準備が大事なんだってことがよくわかりました。ラフ画を基にしたカメラマンさんとのイメージの擦り合わせはもちろん、永岡さんはタイムテーブル表も自分で作成してましたよね。何時までにセッティングをしていつ撮影開始なのか、片づけと撤収のおおよその時間まで」

「そうだね。漫然と動くより、タイムテーブル表があったほうがメリハリをつけやすいから」

街中のパーキングで車を停め、蕎麦屋《そばや》でランチを取る。その後、行きつけのフラワーショップで花を購入し、領収書をもらった佐和は、ファッションブランドの展示会に出掛けた。

そしてスタッフに持参した花を手渡して挨拶をしたあと、スタイリッシュな空間で秋冬コレクションをじっくり眺める。

展示されたものはレディースもメンズもあり、小野も興味深そうに見ていた。やがて午後三時に会社に戻った佐和は、一度オフィスでパソコンを立ち上げてメールチェックをしたあと、急ぎのものの返信を済ませて社内スタジオに向かう。

そこは入り口付近以外は床も壁も真っ白で、天井にもレフ版が貼られた明るい空間だった。強い照明があちこちに置かれており、佐和は小野に説明する。

「雑誌に載っている商品の撮影は、全部ここでしてるの。担当者がアングルとかを考えながら、自分でひとつひとつ撮る感じ」

「そうなんですね。てっきりプロのカメラマンさんに頼んでるのだとばかり思っていました」

「それだとコストがかかるから。でも設備はプロ仕様だし、やってるうちにコツがつかめて上手くなるよ」

今回は八点撮影し、小野にも試しにカメラを触らせてみる。すると彼は撮り方が上手く、アングルにもセンスがあって、この分だとすぐに仕事を任せられそうだった。

その後編集部に戻ってパソコンを開いた佐和は、どの写真を使うかを吟味した。昼間にモデルを使って撮影したデータもカメラマンから届いており、大きなモニターで拡大してチョイスするポイントを小野に説明し、副編集長の窪寺《くぼでら》にメールを送信する。そして彼に向き直って告げた。

「わたしが今日小野くんに教えるのは、ここまで。このあとは校正業務をするけど、もし手元の仕事で何かわからないことがあったら遠慮なく聞いて」

「はい。ありがとうございました」

小野が自分の席に去っていき、佐和はそれを見送って小さく息をつく。

最初こそ彼を自分の仕事に同行させるのに身構えてしまったが、終わってみればさほど気詰まりのない一日だった。

（小野くんが真面目に仕事に取り組んでて、二人きりでいるときもプライベートを混同しなかったからかな。わたしの動きを見ていいところを吸収しようっていう意欲が伝わってきたし、これなら今後も一緒に仕事をしても大丈夫かも）

一時間半ほど集中して仕事をこなし、退勤する者が出始めた午後五時半、佐和は少し考えてスマートフォンを取り出す。

そして「わたしはもう上がれるんだけど、よかったら今夜外で食事しない？」と小野にメッセージを送った。するとしばらくして返信があり、「ＯＫです」と書かれていて、それを見た佐和は微笑む。

（仕事とプライベートをきっちり分けてくれたご褒美に、今日はわたしが奢ってあげよう。一応先輩だもんね）

待ち合わせの店のＵＲＬを送り、佐和は残っているメンバーに「お先に失礼します」と言って退勤する。

そして地下鉄に乗って一駅、歓楽街で降りて五分ほど歩いたところにあるオーセンティックバーのドアをくぐると、カウンターの中にいたスタッフが「いらっしゃいませ」と言って微笑んだ。

店内は艶消しのマットな黒とホワイトオークの木材をマテリアルとした、洗練された空間だった。六席ほどのカウンターの内部には洋酒の類《たぐい》は一切並んでおらず、印象的なオブジェがひとつだけ置かれている。

どこかアートを感じさせる仄暗《ほのぐら》い空間は落ち着ける雰囲気で、佐和はこれまで何度か訪れたことがあった。「ジンソーダをください」とオーダーし、スタッフと会話しながら八割ほど飲んだところで、バーテンダーがドアのほうを見て「いらっしゃいませ」と言う。

振り返るとそこには小野がいて、佐和は笑顔で問いかけた。

「ここの場所、すぐわかった？」

「裏通りだったので住所だけじゃわからなくて、地図アプリを見ながら来ました」

佐和の隣に座った彼は、メニューを眺めたあと、バーボンバックを注文する。そして店内を見回してつぶやいた。

「いい店ですね」

「今までも何度か来たことがあるの。待ち合わせのときとか、一、二杯飲んでいくのにちょうどいい感じ」

互いに一杯ずつ飲んだあと、佐和が予約していた近くのバルに移動する。

改めてスパークリングワインで乾杯し、微笑んで言った。

「今日は一日、お疲れさま。ずっと外回りだったから疲れたんじゃない？」

「いえ、大丈夫です」

「橋本さんに小野くんを帯同するように言われたときは、びっくりしちゃった。本当は二人きりになったときにプライベートみたいな話し方をしたら注意しようと思ってたんだけど、そんなことなかったね」

するとと小野がチラリと笑い、ワインを一口飲んで答える。

「何となく佐和さんはそういうのに厳しそうだと感じたので、きっちり仕事モードにしたんです」

「そっか」

「それより、撮影の進行がてきぱきしていて驚きました。どのスタッフさんにも丁寧に接して、モニターを見ながら嫌みなく写真を褒めて場の雰囲気を和らげていましたし。ブランドの展示会に行ったときも、生ける手間がない置き型の花を持っていっていて、気遣いが勉強になりました」

彼が自分の仕事をちゃんと見ていてくれたのだとわかり、佐和はうれしくなる。

最初はどういうふうに接するべきか困惑したものの、一日行動を共にするとまったく抵抗がなくなっているのだから現金なものだ。

その後、タパスやローズマリー風味のフライドポテト、イベリコ豚のローストなどに舌鼓を打ち、ほろ酔いで店を出る。徒歩で自宅まで帰っても十分程度のため、地下鉄には乗らずに肩を並べて歩き出した。

「飲んでから歩いて帰れる距離って、やっぱりすごく便利だね。だってタクシー代がかからないんだもん」

「そうですね」

ふわふわとした酩酊を感じつつ、佐和はかねてから思っていたことを口にする。

「わたし、小野くんに感謝してるんだ。普段の晩ご飯や掃除はもちろんだけど、こうして一緒に飲んだりするのが日々の楽しみになってて」

すると彼が「佐和さん、俺は……」と何かを言いかけたものの、佐和はそれには気づかず言葉を続ける。

「たぶん、恋愛じゃないのがいいんだろうね。そういうウエットな関係じゃなく、友達の延長みたいなものだから、一緒にいて苦痛じゃない。世間には大っぴらにはできないけど、そんな相手と出会えたのってすごくラッキーだと思う」

それを聞いた小野が、複雑な表情で口をつぐむ。

彼が何も答えないのに気づき、佐和は不思議に思って問いかけた。

「小野くん、どうかした？」

「いえ、……何でもないです」

＊＊＊

――そんな二人の姿を、少し離れたところから緒方が凝視していた。

雑踏の中、驚きに目を瞠って立ち尽くし、肩を並べて遠ざかっていく男女の後ろ姿を食い入るように見つめる。

（佐和と、新人の小野？　……何であの二人が一緒にいるんだ）

緒方はクライアントとの商談がてら歓楽街を訪れており、たった今解散したばかりだった。

駅に向かおうとしたところで見覚えのある姿を見かけ、思わず足を止めて今に至る。一人は同じ編集部の永岡佐和で、二カ月前まで交際していた相手だ。一緒にいるのは四月に入社したばかりの小野奏多で、クールで淡々とした雰囲気だが仕事の覚えがよく、周囲の評価が高い。

緒方が知るかぎり、これまで二人の接点はなかったはずだ。しかし視線の先の彼らは肩が触れる距離で歩いており、話している様子もとても親しげに見える。

（まさか、つきあってるのか？　そういえば俺が復縁を持ちかけたとき、佐和は「もう他につきあってる人がいるから」って言ってたっけ）

彼女と別れた原因は、緒方の浮気だ。総務部の若い女性社員に手を出し、自宅でベッドインしているところを佐和に目撃されて破局した。

あのときは勢いで「アラサーのお前と若い子を比べたら、こっちを取るに決まってる」「美紀はお前みたいにきつい言い方しないし」などと言ってしまったが、今となっては後悔している。

嶋田美紀は緒方が自分を選んでくれたという事実に慢心し、事あるごとに高いプレゼントをねだって愛情を形にすることを要求したり、食事が高級志向だったりと、とにかく我儘だった。

最初は「女は若いほうがいい」と考えていた緒方はやがて辟易《へきえき》し、佐和と交際していたときが格段に楽だったことに気づいた。

五歳年下の彼女はきれいな容姿をしていて、年相応の落ち着きがあり、仕事ができる。頭の回転が速く、言葉の取っ掛かりからこちらが言わんとしていることを察するのに長《た》けていて、一緒にいてストレスがなかった。

気が強いのが難点であるものの、高いプレゼントをねだることもなく、酒が飲めてノリがいい。

そんな佐和との時間に未練を感じた緒方は、彼女に復縁を持ちかけたもののにべもなく断られてしまった。

(もうアラサーなんだから俺が拾ってやろうと思っていたのに、あんな言い方しやがって。「彼氏がいる」って言ってたのはただの見栄かと考えていたけど、まさかその相手が小野だっていうのか)

しかし佐和と話をしたのは三月の半ばであり、彼女の〝交際相手〟が四月に入社した小野だとすれば時期が合わない。

だが先ほど見た二人の様子はひどく親密で、ただの先輩後輩という雰囲気ではなく、「もしかすると、小野が入社してからつきあい始めたのかもしれない」と考えた。

(小野は新卒だから、佐和の六歳下のはず。そんな相手に手を出すなんて、あいつ何考えてるんだ)

そんなふうに思いつつも、緒方の中に渦巻いているのは嫉妬の感情だ。

佐和が自分以外の男と交際している事実が、許せない。もう一度つきあってやってもいいと考えていたのに、自分を袖にして六歳も年下の男に手を出していると考えると、ムカムカしてたまらなかった。

一方の小野に対しても、強い苛立ちをおぼえる。新入社員として編集部に配属され、今どきの若者らしく温度が低く淡々としているものの、仕事の覚えが早く「なかなか使えそうだ」と思って目を掛けてやっていた。

それなのに入社して早々に先輩社員に手を出すなど、かなり調子に乗っている。

（ちょっと面《ツラ》がよくて有名大学を出てるから、人生楽勝って思ってるのか？　……少し世間をわからせてやったほうがいいかもしれないな）

二人が去っていったのは隣駅の方角のため、おそらくこれから佐和の自宅に行くつもりなのだろう。

緒方は踵を返し、夜の街を歩き始める。そしてかすかに顔を歪め、明日からの二人への対応について あれこれと考えを巡らせた。

＊　＊　＊

〝校正〟とは文章の誤字や脱字、表記の確認、文章の構成や内容に矛盾がないかをチェックするものので、校正ルールはそれぞれの媒体によって違う。

新人である奏多は仕事の合間を縫って雑誌〝ease〟の既刊に目を通し、トーン＆マナー、つまり雑誌全体のテイストを把握するよう求められていた。

〝編集用語では文章を書くときに漢字で表記するのを〝閉じる〟、平仮名で表記することを〝開く〟というが、既刊の記事を読むときに文字の表し方や文章表現に注目するとおのずと校正ルールが見えてくる。

また、掲載されている写真の傾向を見ることで、ユーザーの志向もわかってくる。写真の掲載の仕方が記事のテーマによって変えられていて、意識して読んでいくと、過去の雑誌は気づきの宝庫だ、というのがわかる。

中でも佐和が作成した記事は、写真と見出しの文言にぐっと目を引くものがあった。癖がなく読みやすい文章も特徴で、限られた文字数の中で伝えたいことを端的にまとめており、奏多はすっかり感心してしまう。

(編集者になって六年目だって言ってたけど、佐和さん、仕事ができる人なんだな。いくつも掛け持ちしてるのに、きっちりクオリティを保っているのもすごい。対人スキルも高いし)

彼女の顔を思い浮かべた奏多は、すぐに目を伏せる。

佐和に対する明確な恋愛感情があるのを自覚し、セフレから彼氏に昇格するべくアプローチしようと決意したのは、三日ほど前の話だ。

あれから奏多は、就職後に連絡がないことを心配した姉から「ちゃんとやってるの」という電話を受け、ついでとばかりに相談してみた。

『六歳年上の女性を振り向かせるためには、一体どうしたらいいのかな』

『えっ?』

『好きな人ができたんだけど、どうアプローチするべきか迷ってる』

すると彼女はこれまで浮いた話が一切なかった弟の変貌に驚き、興奮しながらあれこれと探りを入れてきた。

三歳年上の姉は昔からどこか頼りなく、弟である奏多がこれまで何かと面倒を見てきた人物だ。

彼女は電話の向こうでしみじみとした口調で言った。

『奏多に好きな人ができたなんて、何だかすごく感慨深い。だって昔から男女問わず友達は多かったけど、どれだけ告白されても誰かとつきあうことがなかったでしょ？　この先どうするんだろうって、密《ひそ》かに心配してたの』

はしゃいだ彼女は、「あ、伊織《いおり》さんが奏多と話したいって言ってるから、代わるね」と言って途中で電話を代わってしまった。

代わりに話をしたのは義兄の天沢《あまさわ》伊織で、二年前に姉と結婚して夫になった人物だ。彼は奏多が新人編集者として頑張っているのを聞くと安堵したようだったものの、これまでつきあった相手が妻しかいないために恋愛相談をする相手としては適切ではなく、世間話をしただけで終わった。

（セフレから始まった関係の人が好きな相手だなんて、家族にも友達にもちょっと相談しづらいよな。やっぱ正攻法でいくしかないか）

とはいえ昨夜は歓楽街で飲んだ帰り際、佐和に「普段の晩ご飯や掃除はもちろん、こうして一緒に飲んだりするのが日々の楽しみになっている」「たぶんそれは恋愛ではなく、友達の延長のようなものだから、一緒にいて苦痛じゃない」と言われ、恋愛対象として見られていないことにガックリきてしまった。

しかし一晩経った今、奏多は彼女にアプローチしようという思いを再び強くする。

（とりあえず正面から気持ちを伝えて、俺を彼氏に昇格させてくれるように話をしよう。うん、そう決めた）

その瞬間、「小野、ちょっと」という声が響き、奏多は顔を上げる。

「はい」

声がしたほうに視線を向けるとデスクの緒方が手招きしていて、立ち上がった奏多は彼のデスクに向かう。

すると緒方がこちらを見つめて言った。

「お前今、何の作業をしてる？」

「ネタ出しの参考にするために、easeの既刊を読んでいました」

「そうか。この書類、フォーマットに打ち込んでおいて。午後一時厳守」

時刻を見ると午前十一時二十分で、手渡された書類はかなりの量があり、奏多は内心「厳しいな」と考える。

だができないとは言えず、素直に受け取った。

「わかりました」

「あとこのテープ起こし、三時までな」

音声が入ったＩＣレコーダーをデスクに置かれ、奏多は遠慮がちに申し出る。

「すみません。午後二時から、吉田《よしだ》さんの取材に同行させていただくことになっているんですが」

「同行すればいいじゃん。そっちはそっち、これはこれだろ」

吉田への取材に同行するなら、三時までにテープ起こしをするのは無理だ。

そもそも奏多はテープ起こし自体がまだ不慣れで、時間がかかるのは編集部内で周知の事実だった。しかしそれを無視して押し通そうとする緒方の態度に、嫌な圧を感じる。

奏多が口をつぐんで彼を見つめると、緒方がこれ見よがしにため息をついて言った。

「しょうがないな。じゃあテープ起こしは、今日中でいいよ。その代わり終わるまで帰るなよ」

「わかりました」

すぐに席に戻り、パソコンでフォーマットを立ち上げた奏多は、早速書類の入力を始める。

今まで何度もこなしてきた作業であるものの、量がかなり多く、昼休み返上でやらなければ午後一時までに間に合いそうもなかった。

(仕方ない。昼飯を食わなくても、別に死ぬわけじゃないし)

集中して仕事をこなし、昼休みもランチに出掛けていく社員たちを横目に入力を続ける。

何人かが「小野、昼飯に行かないの？」と声をかけてくれたが、「急ぎの仕事なので」と答えると、男性社員の一人がコンビニでパンとコーヒーを買ってきてくれた。

「すみません、おいくらですか」

「お金はいいよ。頑張ってな」

「ありがとうございます」

どうにか一時までに入力を終わらせ、緒方のパソコンにメールで送る。

パンを頬張りながら取りかかった次の仕事は、インタビューのテープ起こしだった。ＩＣレコーダーに録音されたインタビューを文字に書き起こすもので、文章を編集することまでは求められていないため、文字の書き起こしになるが、これがなかなか大変だ。

まずレコーダーの音声を聞きながら文字起こしを行うには、耳で聞くのと同じ速度でタイピングするのが理想だが、慣れていなければ途中で何度も音を止めることになって時間がかかる。

知らない用語や語句は曖昧に文字にするわけにはいかず、その言葉が何を意味するのかを特定する作業が必要だった。

集中力を切らさずに作業しようとするものの、オフィスで電話が鳴れば新人の奏多は誰よりも早く受話器を取り、それに付随する仕事ができて、なかなかテープ起こしだけに専念できない。

途中で取材に同行し、会社に戻ってきてから午後七時まで残業して緒方の元に提出に向かったも

の の、彼はデスクにいなかった。すると近くにいた社員が、小野に向かって告げる。

「デスクは出先から直帰だって言ってたから、今日はもう戻ってこないよ。何か急ぎの用事なら、携帯にかけてみたら？」

「そうですね」

言われるがままに緒方に電話をしてみると、だいぶ待たされたあとに彼が「はい」と出て、奏多は口を開く。

「お疲れさまです、小野です。緒方デスクに頼まれていたテープ起こしですが、今終わりました。急ぎのようだったのでご報告したほうがいいのかと思い、連絡しました」

するとと緒方が、「あー、それな」と言い、言葉を続ける。

『お前に渡したデータ、前のやつだったわ』

「えっ？」

『もう掲載し終えたインタビューの録音を、間違えて渡したみたいだ。だから急ぎでも何でもなくて、作業してもらったのは全部無駄だったんだよ。悪いな』

必死に時間をやりくりしながらこなした作業が「無駄だった」と言われた奏多は、受話器を握ったまま声を失《な》くす。

「お前も早く帰れよ」と言われて電話を切られ、しばし呆然としたものの、すぐに気持ちを立て直した。

（仕方ない。誰にでも間違いはあるし、テープ起こしの練習ができたと思えば俺にとってはマイナスじゃない。こういうこともあるだろう）

小さく息をつき、日報を作成して退勤したのは、午後七時半だった。

スマートフォンを開くと佐和からメッセージがきており、「今日は奥川と飲むから、晩ご飯は大丈夫です」と書かれていて、奏多は微妙な気持ちになる。

（晩飯を作らなくていいのは助かるけど、佐和さんに会えないのは残念だな）

せっかく正面からアプローチしようと考えていたのにお預けされた形だが、今日は疲れているのだから早めに寝たほうがいい。

そう折り合いをつけ、帰宅した奏多は冷凍のパスタで簡単に夕食を済ませたあと、熱い風呂に浸かった。翌朝九時に出勤すると、緒方は既にオフィスにいる。

「おはようございます」と挨拶したところ、彼は笑って言った。

「昨日は悪かったな、間違ったもの渡しちゃって。結構時間かかっただろ」

「はい」

「今日はこの資料を、わかりやすくまとめてほしいんだ。次の会議で使うから」

奏多が資料の束を受け取り、「仕上がりのイメージはありますか」と問いかけると、緒方は手元の作業に戻りながら答える。

「お前なりのアウトプットでいいよ。昼までな」

「わかりました」

自分の席に戻り、パソコンを立ち上げた奏多は、早速資料作りに取りかかる。

こうした作業は大学のときにやったことがあり、自分なりに見出しの見やすさやわかりやすさを考慮しつつ作業した。途中で他の社員から頼まれたアポ取りをしたり、書庫からファイルを探してきたりと多忙だったが、何とか昼休みまでに終わらせて緒方に提出する。

「緒方デスク、資料が出来上がりましたのでチェックお願いします」

すると彼はプリントアウトしたものをチラリと見つめ、ため息をついて言った。

「――お前が遅いから、俺がもう自分でやったわ」

「えっ？」

「スピード感が足りないんだよ。他の仕事をしながらじゃなく、頼まれたことを最優先に仕上げればよかったのに、ほんっと使えねーな」

そう言って緒方は、奏多が作った資料を足元のゴミ箱にバサッと放り込む。

そして唖然とするこちらに視線を向け、突き放すように言った。

「いつまでそこにいるんだよ。さっさと自分の席に戻れ」

「……失礼します」

席に戻りながら、奏多は昨日からの彼の振る舞いについてじっと考える。

緒方の眼差しや口調からは、明確な悪意を感じた。おそらく時間がタイトな入力作業や徒労に終わったテープ起こしも、わざとだろう。

(俺はあの人の気に障ることを、何かしたかな。今まで言われたことはきっちりこなしてきたし、失言もなかったはずだけど)

頼まれた仕事については丁寧さを心掛け、抜けがないかをチェックしてから提出していただけに、無下にされるとダメージが大きい。

他の社員たちは奏多と彼のやり取りにまったく気づいておらず、歩きながら目を伏せて拳を握りしめた。この部署での奏多は入社して一ヵ月余りの新人で、とにかく言われたことをそのとおりにこなす時期だ。頼まれた仕事が必要なものかどうかを判別できる立場になく、決められた期限に間に合うように黙々とこなすしかない。

気分が落ち込みそうになったものの、奏多は意地でポーカーフェイスを保った。そして自分の席のパソコンを閉じ、昼食を買うべく、財布を持ってオフィスをあとにした。

第六章

月に一度開催される雑誌の企画会議では、編集者たちがそれぞれの案を持ち寄り、どれを掲載するかを話し合う。

日々の業務の合間を縫って複数の企画を練るのは、かなり大変だ。出先から戻った佐和はパソコンを立ち上げ、企画書のフォーマットを呼び出す。企画の概要、取材対象、取材日程と所要時間、撮影場所やスタッフの必要人数などを書き込んでいくが、すんなりできるときもあれば時間がかかることもあった。

今回思いついたのは、ＳＮＳの口コミグルメだ。市内の飲食店で口コミが多いところを取材し、各区ごとにまとめる企画だが、対象店舗の多さや口コミの集計などに手間がかかりそうなのが難点だった。

（でも、時間をやりくりすれば何とかなるかな。口コミなら読者視点に立ったお店を提案できるし、面白そう）

企画をまとめ、実際に会議に出す前にデスクである緒方にチェックしてもらう。彼は紙で提出することにこだわっているため、プリントアウトは必須だ。編集者たちをまとめる立場である彼は、企画や記事の草稿に具体的なアドバイスをしたり、進行管理や予算管理を行っているため、仕事で絡むのは避けられない。

緒方とはいい別れ方をしていなかったが、佐和は割りきって淡々と接するようにしていた。彼のほうもそうだと思っていたが、こちらが出した企画書をざっと読んだ緒方は、すぐにそれを突き返して言う。

「どっかで見た企画だな。凡庸すぎるから、やり直し」

「……っ」

ろくに目を通さずにそう言われ、カチンときた佐和は彼に向かって言った。

「たとえどこかで見たことがある企画でも、実際に取材するお店は違いますから独自色を出せるはずです。それによく読んでいただきたいんですけど、候補として挙げた中にはこれまでメディアで一度も取り上げられたことのないお店もあるんです。ですから――」

「とにかく、やり直し。新しい企画を持ってきてくれ」

にべもない反応に、佐和は理不尽さを噛みしめる。

だが企画会議に出す前にデスクのチェックを受けるのは編集部で決まっているプロセスであり、

無視できない。悔しさを噛みしめながらぐっと拳を握りしめ、佐和は突き返された企画書を手につぶやいた。

「……わかりました」

ふつふつと募る反発心を抑えつつ、自分の席に戻った佐和は再びパソコンに向き直る。

なぜこんな扱いをされなくてはならないのか、まったく理解できない。確かに緒方とは彼の浮気が原因で別れ、その後復縁を持ちかけられたときに皮肉交じりに断ったが、仕事の面では互いに割りきっていたはずだ。

あの直後ならいざ知らず、復縁話から二ヵ月ほど経った今になって嫌がらせをされる意味がわからない。

（わたし、和志が怒るようなことを何かした？　全然思い当たる節がないんだけど……）

しばらく企画案をこねくり回したがいいものが思い浮かばず、佐和は別件のページ構成のラフに取りかかる。

雑誌のレイアウトは誌面への写真の配置、文字の大小や強弱を考え、何をどういうふうに見せたいかといった意図が求められる。

雑誌〝ease〟では情報の伝達スピードを上げる〝グルーピング〟という、情報をグループに分けて配置するレイアウトが主流だが、佐和は強調したい内容を大きく表示する〝コントラスト〟というレイアウトでインパクトとメリハリをつけるようにしていた。

だがそのラフを緒方に提出したところ、彼は「うーん」とつぶやく。

「永岡のデザインって、いつもワンパターンだよな。もっと他の引き出しないの？」

「えっ」

「面白味がないんだよ」

漠然とした駄目出しにカチンときつつ、佐和はそれを抑えて問いかける。

「具体的に、どうしたらいいですか」

「それを考えるのが、編集者であるお前の役目なんじゃないか？　俺がこうしろって言っても、それは永岡のためにはならない。自分で試行錯誤するしかないだろ」

そう言ってラフを返された佐和は唇を引き結び、「……わかりました」と答えて踵を返す。

立て続けに二度もリテイクを食らって気持ちが落ち込みそうになったものの、意志の力で何とか持ちこたえた。

（和志の言うことにも、一理ある。言われたとおりにしか仕事ができないなら、一人前だとはいえないんだもの。……自分で考えよう）

――しかし、緒方からのリテイクはそれからも止むことはなかった。

これまですんなり通っていた企画やレイアウトのラフが必ず突き返されるようになり、佐和がどう修正すればいいのかを聞いてものらりくらりと躱《かわ》す。

しかし近くに編集長の飯田や副編集長の窪寺がいると「うん、いいんじゃないか」と言ってあっさりOKするため、おそらくは嫌がらせなのだろう。緒方の意図がわからず、佐和はイライラしていた。

(たぶんわたしに対して何か気に食わないことがあるから、ああいうことをしてるんだよね。しかも周りにばれないように、周到に嫌がらせをしてる)

表向きは至極真っ当なことを言っているように聞こえるものの、毎回必ずリテイクを出すのは中堅レベルの社員に対しては異常だ。

彼の上司に当たる窪寺に相談しようかと思ったものの、いまいち根拠が弱い。緒方が「企画もラフも、自分的には甘いと思うからリテイクを出した」と言われればそれまでだ。

そうしたことが重なり、最近は外回りから戻ったあとに企画を練ったりしていて、帰宅が遅くなっていた。佐和が気になるのは、小野もまた残業をする頻度が高くなっていることだ。

入社して二ヵ月近くになる彼は、編集部のメンバーから頼まれた雑務をこなしたり取材に同行したりしている。その合間を縫って回ってきた校正をこなし、インプットやネタ出しをしているため、おのずと残業になっているようだ。

おかげで一緒に夕食を取る機会がめっきり減り、抱き合ってもいない。小野は決して弱音を吐かず、「佐和さんに晩飯を作れずにすみません」とメッセージを送ってきたが、佐和は彼の体調が心配になっていた。

(わたしのご飯なんて気にしなくていいから、小野くんはちゃんと休まないと。ただでさえうちの職場は、月末は一週間くらい残業続きになるんだし)

そう思いながら確認した時刻は、既に午後七時半になっている。

佐和がパソコンを閉じ、凝った肩を擦りながら立ち上がると、少し離れた席で小野も立ち上がるところだった。互いに「あ」という顔をして、何となく時間をずらしてオフィスを出る。

そのまま駅まで歩き、地下に下りてホームに立つ佐和の後ろから、やがて「永岡さん」という声が聞こえた。

「……小野くん」

「帰る時間、一緒でしたね」

一応会社の近くだということを慮《おもんぱか》っているのか、小野は佐和から二人分ほど距離を取って立ち、呼び方も〝永岡さん〟にしている。

佐和もここが外だということを念頭に置き、あくまでも先輩としてのスタンスで問いかけた。

「小野くん、最近残業多いでしょ。頑張りすぎてない？」

「むしろ頑張りが足りないから、残業してるんです」

佐和が「でも……」と言いかけると、小野が被せるように言う。

「永岡さんこそ、最近残ってることが多いですよね。忙しいんですか」

「忙しいっていうか、リテイクばっか食らって全然仕事が進まないの。それこそわたしも頑張り不足かな」

苦笑いするこちらを見つめ、彼は意外そうにつぶやく。

「永岡さん、企画力も文章もレベルが高いのに、リテイクなんて食らうんですか」

「そうだよ。めっちゃ食らってる」

そこでホームに地下鉄が入ってきて停車し、中から人が吐き出されてくる。

車両に乗り込むと小野と距離が離れたが、佐和はあえてそのまま近づこうとしなかった。三駅で最寄り駅に降りると、階段を上がるところで彼が合流する。さすがにもう知り合いはいないだろうと踏んだ佐和は、小野に提案した。

「今日の晩ご飯、近くのお弁当屋さんにしない？　わたしが買うから一緒に食べよう」

「いえ。せっかく帰る時間が一緒になったんですから、簡単でよければ何か作りますよ」

「いいよ、そんなの。無理しないで」

階段を上りきって外に出ると、湿り気を含んだ風が吹き抜けて髪を揺らした。

昼間より格段に人が少なくなった往来を眺め、佐和が「今日は何のお弁当にしよう」とあれこれ考えていると、ふいに彼が肘をつかんでくる。そして驚く佐和に身体を寄せ、耳元で言った。

「すみません。佐和さんにお願いがあるんですけど」

「な、何？」

「――晩飯はあとでいいので、まずは抱かせてくれませんか」

「……っ」

不意打ちの提案に、佐和の頬がかあっと赤らむ。

思えば今週は互いに忙しく、一度も抱き合っていなかった。自分たちは恋人同士ではないはずなのに、いつしか抱き合うのが当たり前になっていて、間隔が空くと物足りなさをおぼえる。

久しぶりに小野の体温を間近に感じた途端、佐和の身体の奥がじんと疼き、にわかに飢餓感がこみ上げていた。

(わたしも、小野くんに触れたい。――今すぐしたい)

そんな強い衝動がこみ上げ、彼の顔を見つめた佐和は、ささやくように答える。

「……うん、いいよ」

すると小野がこちらの手をつかみ、自宅マンションに向かって歩き始める。

約五分のあいだ、彼は無言だった。エレベーターに乗り込み、パネルの六階のボタンを押す。箱から降り、廊下の奥の部屋の鍵を開けて中に入った瞬間、佐和は小野に口づけられていた。

「ん……っ」

薄暗い玄関で、噛みつくように唇を塞がれる。

いつも淡々として涼やかな小野だが、今日は飢えたように性急だった。何度も角度を変えて口づけられて舌を絡められるうち、佐和の身体にもじわりと熱が灯る。気がつけば彼の首を引き寄せ、キスに応えていた。

「ん……っ……ぅっ、……は……っ」

キスの合間、薄目を開けた佐和は、押し殺した熱情を秘めた小野の瞳に合う。それに官能を刺激されながら彼の頬を撫で、吐息が触れる距離でささやいた。

「――ベッドに行こう」


「あ……っ」

灯りのない薄暗い寝室の中で、押し殺した声が響く。

押し倒されたベッドの上で、佐和は胸に執拗な愛撫を受けていた。ブラウスの前ボタンを外し、ブラのホックを外されて、緩んだカップから零れ出たふくらみの先端を舌で舐められる。

少し強めに吸われるだけでじんとした愉悦がこみ上げ、佐和は息を乱した。小野の整った顔が胸に伏せられ、尖りを舐める舌が垣間見えてドキリとする。彼は両方のふくらみを寄せ、その谷間に顔を埋めてつぶやいた。

「……佐和さんの匂いだ」

「あ……っ」

胸ばかりを執拗に嬲《なぶ》られることにじりじりし、佐和は身をよじる。

早く小野の熱を感じたくてたまらず、脚を動かして太ももで彼の股間に触れた。そのまま何度か擦り上げると、彼がかすかに顔を歪めてこちらを見る。佐和は小野と視線を合わせ、吐息交じりの声でささやいた。

「小野くん、早くわたしのことを抱きたいんじゃなかったの……？」

「……っ」

それを聞いた途端、彼を取り巻く雰囲気がわずかに変わり、身体を起こした小野が自らベルトを緩めた。

そして黒いチノパンの前をくつろげ、すっかりいきり立った昂ぶりを取り出して、佐和に向かって告げる。

「――舐めてくれませんか」

「……っ」

直截的な言葉にドキリとしたものの、こうしてふいに雄っぽさを出されるのは嫌ではない。佐和はそろそろと身体を起こし、ベッドで膝立ちした状態の小野の股間に触れた。そして屹立を手で支え、先端部分を舌先でチロリと舐める。

彼がピクリと身体を揺らし、剛直が硬さを増したのがわかった。佐和は小野と視線を合わせながら亀頭にグルリと舌を這わせ、幹の部分を根元からじっくりと舐め上げる。

表面に浮いた太い血管をくすぐりつつ丁寧に舐めると、彼が熱い息を吐いた。小野が快感をこらえているのがつぶさにわかり、佐和はうれしくなる。

(わたしに触られてこんなに硬くしてるの、可愛い。もっと気持ちよくしてあげたくなる)

昂ぶりは充実して天を仰いでおり、幹を舐め尽くした佐和は先端部分を口に含む。

できるだけ深くまで咥えながら表面に舌を這わせる動きに、小野が小さく呻いた。その硬さに嘔吐《えず》きそうになるのをこらえ、ゆっくり口の中に出し入れする。彼の手が髪に触れ、緩やかに掻き混ぜてきて、佐和はしばらく口での行為に没頭した。

「ん……っ……」

屹立は先端から先走りの液をにじませており、佐和も次第に興奮してくる。

早く小野と繋がりたい気持ちが募る一方、このまま達かせたい思いもあり、つい行為に熱がこもった。顎が疲れて剛直を口から出し、幹の部分を舐めていると、彼が突然ベッドに押し倒してくる。

「あ……っ」

唇を塞がれ、激しく舌を絡められて、佐和は喘いだ。

小野の手がスカートをたくし上げ、ストッキング越しに下着に触れる。脚の間をぐっと押されるとそこは既に熱くなっており、佐和はキスの合間にささやいた。

「脱がせて……」

彼がスカートに手を掛け、脱がせてくる。

ストッキングと下着も取り去られ、小野の手が秘所を探った。口での行為をするうちにすっかり潤んでいたそこは、触れられるとぬるりと滑り、彼の指をたやすくのみ込んでいく。

「んん……っ」

硬くゴツゴツとした指を隘路に埋められ、肌が粟立つ。

内壁が指を締めつけ、柔襞を掻き分けるように行き来されると、たまらなかった。佐和は息を乱して小野の腕をつかみ、吐息交じりの声で訴える。

「も、いいから……」

するとベッドサイドのチェストの引き出しを開けた彼が、避妊具を取り出す。

パッケージを破り、自身にそれを装着した小野が、佐和の片方の膝裏をつかんだ。そして切っ先を蜜口にあてがい、一気に中に押し入ってくる。

「あ……っ！」

突き入れられたものの大きさに息が止まりそうになり、佐和は高い声を上げる。

太さのある楔が中を拡げ、先端が最奥を押し上げていた。彼が深く息を吐き、押し殺した声で謝ってくる。

「すみません、我慢できなくて、つい」

「……っ」

「動きますよ」

ズルリと引き出したものを再び根元まで埋められ、佐和は小さく呻く。

動かれるたびに少しずつ中が小野の大きさに慣れ、愛液がにじみ出していた。一気に挿れたものの、彼は決して乱暴ではなく、こちらの反応を見ながら律動を送り込んでくる。

その様子は初心者には見えず、すっかりセックスに慣れた動きで、佐和は内心複雑になった。

（小野くん、わたし相手に〝練習〟をしなくても、もう充分上手なんじゃないかな。この顔だし、何気にスペックが高いし、普通にすぐ彼女ができそう）

ならば自分はもう、用無しではないか。

そもそも小野は二十二歳になっても童貞である事実にコンプレックスを抱いており、勢いで一夜を共にした佐和に〝練習〟を申し込んできた。現在フリーであること、それに夕食と部屋の掃除というオプションにつられてその申し出を承諾した佐和だったが、彼との関係が終わると考えた途端にひどく落ち着かない気持ちになる。

（わたし……）

小野と抱き合うのは快感しかなく、身体の相性はとてもよかった。

それ以上に彼の整った容姿やクールな見た目に反して面倒見がいいところ、仕事の真面目さなどを好ましく思っている。最初は可愛い年下男子として見ていたが、近頃は小野と一緒にいる時間を心地よく感じていて、それがなくなると考えると胸が締めつけられた。

（小野くんとの〝練習〟が終われば、一緒にご飯を食べることもなくなる。だってもし彼に恋人ができたら、彼女でもない人間がそんな近い距離でいるのはおかしいもの）

自分は彼と、ただの先輩後輩になれるのだろうか。

隣の家に住んでいてもプライベートには一切関わらず、いつか小野が他の女性を連れ込む姿を見ても平気でいられるのだろうか。

（わたし……）

「……佐和さん、どうかしました？」

気がつけば顔をこわばらせていたらしく、佐和はハッと我に返る。

小野が気がかりそうにこちらを見下ろしていて、咄嗟に表情を取り繕い、その首を引き寄せた。

「何でもない。……続き、しよう？」

「でも——」

何か言いかけた唇を、佐和は強引に塞ぐ。そして意図して体内にある肉杭を締めつけると、彼がかすかに息を詰めて律動を再開した。

「ぁっ……は……っ……ん……っ」

何度も奥まで挿れられるのが気持ちよく、佐和はキスを続けながら喉奥で呻く。

小野がこちらを見つめる眼差し、抱きしめる腕の強さには熱があり、まるでこちらを好きであるかのように錯覚してしまうが、勘違いしてはいけない。

そう己に言い聞かせるものの、彼の挙動すべてに特別な意味を見出《みいだ》そうとしてしまっているのに気づき、佐和はふいに自分の気持ちを自覚した。

（そっか。——わたし、小野くんが好きなんだ）

六歳も年下の小野を、自分は異性として見ている。

だが自覚した途端、年齢差と職場での立場を意識して胸が苦しくなった。彼には同年代か年下の可愛い女性が似合うはずで、自分は彼女としてふさわしくない。

何より小野自身がこちらをそういう対象として見ていないかもしれないのが、大きな問題だ。そんなことを頭の片隅で考えていると、ふいに彼が抑えた声音で言う。

「……っ、すみません。もう達きます」

「あっ……！」

一気に律動を激しくされ、佐和の思考が吹き飛ぶ。

嵐のような快感に翻弄され、ただ目の前の小野にしがみつくことしかできなかった。何度も奥を突かれ、声を上げる。剛直が感じるところを余さず擦り上げ、内壁が断続的にわないて、やがて佐和が達するのと彼が膜越しに熱を放つのはほぼ同時だった。

「あ……っ」

密着した襞が、屹立が射精する様をつぶさに伝え、搾り取る動きで絡みつく。

全身が心臓になったかのようにドクドクと脈打ち、佐和の身体はすっかり汗ばんでいた。小野は下衣だけをくつろげた姿で、同様に息を乱している。彼は着衣のままでしたせいかひどく汗をかいており、大きく息をついて言った。

「抜きますよ」

「んん……っ」

ズルリと引き抜かれ、佐和は小さく声を漏らす。

全身が泥のように疲れていて、急速に眠気が襲ってきていた。後始末をした彼が額の汗を拭い、こちらを見下ろして言う。

「俺はシャワーを浴びますけど、佐和さんも一緒に入りますか」

「わたしはあとでいいよ。何だかすごく疲れちゃって」

すると小野が微笑み、佐和の乱れた髪を撫でて告げる。

「じゃあ先に入ってくるので、佐和さんは休んでてください」

「……うん」

彼がバスルームに去っていき、佐和は疲れた身体をシーツに横たえる。

几帳面な小野らしく寝具はきれいに洗濯されており、柔軟剤のいい匂いがした。柔らかなリネンを頬に感じるうち、気がつけば佐和は眠り込んでいたらしい。

目が覚めたときは三十分ほど経った感覚で、ベッドの縁に風呂上がりで部屋着姿の小野が座っていた。彼はこちらに背を向け、何やらスマートフォンを操作している。声をかけようとした佐和だったが、ふいにディスプレイに表示された内容が見えて目を瞠った。

（えっ……？）

それは、トークアプリの画面だった。

メッセージを送ってきた相手の名前は〝晴香〟となっていて、女性の名前だ。内容は「デートスポット、いろいろ調べたよ」「ドライブで小樽《おたる》まで行くのとか、手軽でいいよね」というもので、うきうきしたスタンプ付きで書かれている。

小野はそれに対して「小樽か」「近すぎない？」と返事を打ち込み、送信していた。彼らのやり取りはとても気安いもので、佐和の心臓がドクリと跳ねる。

（まるでつきあい始めのカップルが、デートの打ち合わせをしてるみたい。まさか小野くん、他にそういう相手がいるの……？）

先ほど抱き合っていた最中、佐和は小野への想いを自覚した。

それと同時に、六歳の年齢差や自分が彼に恋愛対象として見られていない可能性について改めて考え、ヒヤリとしていた。そもそもセフレという関係なのだから、こんな気持ちを抱くこと自体が小野には迷惑かもしれない。

彼にとっての佐和はあくまでも〝練習相手〟に過ぎず、恋愛は同年代か年下とするのではないか──かねてからそんなふうに考えていたものの、まさに懸念が現実となった形だ。

小野が小さく息をついてスマートフォンを閉じるのがわかり、佐和は咄嗟に目を閉じて寝たふりをした。彼がベッドを軋《きし》ませながらこちらを向き、佐和の髪に触れて言う。

「佐和さん、残り野菜でチャーハンを作ったんですけど、食べませんか」

どうやら小野はシャワーを浴びたあと、キッチンで手早くチャーハンを作ってくれたらしい。

目を開けた佐和は、こちらを見下ろす彼をじっと見つめた。風呂上がりの彼は髪の毛が普段よりナチュラルで、実年齢より少し若く見える。音楽バンドのライブTシャツとスウェットという恰好はいかにも若者らしく、佐和は目を伏せて起き上がりながら答えた。

「ごめん。何だかすごく疲れてるから、帰って寝る」

「少し食べたほうがいいですよ。もしチャーハンが重いなら、雑炊とかも作れますし」

「ううん。あんまり食欲ないの」

佐和はベッドの下に落ちていた衣類を拾い、身に着けようとする。すると小野が気遣う口調で言った。

「このままうちに泊まって、明日の朝、自宅に戻るのはどうですか？　もう少ししたら腹が減るかもしれませんし、風呂上がりに全身マッサージしてあげますから、疲れも少しよくなるんじゃ」

顔を上げると、彼は瞳に心配そうな色を浮かべてこちらを見ていて、佐和はやるせなく微笑む。

（たぶん小野くんは、根っからの世話焼きなんだろうな。誰にでも優しいだけなのに、それが自分にだけ向けられてると勘違いして、わたしは……）

「佐和さん？」

不思議そうに問いかけてくる彼に、佐和はあえて笑顔で言う。

「大丈夫。実は明日までにやらなきゃならない仕事を思い出したから、すぐに帰りたいの」

「そうですか」

小野はそれ以上は食い下がらず、チャーハンの皿にラップを掛けて「食べられそうだったら、食べてください」と言って手渡してくる。

佐和はそれを受け取り、努めていつもどおりの顔で言った。

「チャーハン、わざわざ作ってくれてありがと。おやすみ」

「おやすみなさい」

＊＊＊

佐和が玄関を出ていき、ドアが閉まる。それを見送った奏多は、釈然としない気持ちを持て余した。

(佐和さん、何だか少し様子が変だったな。本当に疲れてるだけならいいけど)

とはいえ自分のほうもかなり疲労が溜まっており、まったく他人事《ひとごと》ではない。

小さく息をついた奏多は、玄関の鍵を閉めてリビングに向かう。そして少し冷めかけているチャーハンを食べつつ、ノートパソコンを開いた。

今日残業をしていたのは、緒方に課せられた一日十五本のネタ出しが終わらなかったからだ。新人の奏多は毎日他の社員たちから振られる雑務をこなしつつ、それまでやったことがない作業を教えてもらったり外回りに同行している。

常時オフィスにいるわけではないため、仕事に追われれば必然的にネタ出しは二の次になっていたが、緒方はそれを許さなかった。

『新人のうちは一日五本ネタ出しをしてもらうって、入社当時に言ったよな。それをおろそかにするなんて、お前、仕事舐めてんの』

『いえ』

『しかも出してくるのはどっかで見たような二番煎《せん》じばっかで、どうせeaseのバックナンバーや他社の雑誌を見て適当に抜粋しただけだろう。デスクである俺が、それに気づかないとでも思ってるのか？』

奏多が黙り込むと、彼はこれ見よがしにため息をついて言った。

『小野はこれから、一日十五本のネタを考えて翌朝までに提出すること。これはお前のために言ってるんだからな、手を抜かずちゃんとやれよ』

『……わかりました』

緒方にそう言われたのは三日前の話で、定時に終わらなければ夜まで残ったり、家に持ち帰って仕事をしている。

今日は七時半までかかっても終わらず、残りは自宅でやろうと考えて切り上げたところで、ちょうど帰宅しようとしていた佐和と目が合った。残業続きのこちらを気遣い、「夕食に弁当を買って一緒に食べよう」と提案してきた彼女を抱いたのは、フラストレーションが溜まっていたからだ。ここ最近は帰宅が遅く、佐和とは過ごせずにいた。その反動で家に連れ込んだが、彼女も応えてくれ、思いがけず熱がこもったひとときだった。

行為が終わるとだいぶすっきりして、奏多は残り野菜と冷凍ご飯でチャーハンを作るくらいの気力が戻っていた。だがこうして一人になると、気持ちが落ち込んでくる。

（何で突然、緒方デスクに目の敵にされるようになったんだろう。……理由にまったく心当たりがない）

この一週間、緒方の当たりはきつくなる一方で、奏多は自分がパワハラをされているのを明確に自覚していた。

彼は奏多が他の作業をしているのを知っていながら急ぎの仕事を申しつけ、わざとタイトな締め切りを課す。もしそれが守られなければ怒り、たとえ仕上げたとしても「もう自分でやった」と言って目の前でゴミ箱に捨てたり、重箱の隅をつつくように執拗な駄目出しをするのが常だった。

緒方の周到なところは、他の社員に気づかれないようにそれをしているところだ。朝、皆が忙しく電話などをしている騒がしい時間帯に自分のデスクまで呼び出し、周りに聞こえない声量で話す。最後に抑えた声で「ほんっと、使えねー」「お前、この仕事に向いてないんじゃないのか」と嫌みを言うまでがセットで、それを繰り返されるうちに奏多の神経は次第に参ってきていた。

（でもこれで俺がへこんだら、あの人の思う壷《つぼ》なんだよな。まんまとそのとおりにしてやるのは癪に障る）

ネタ出しを毎日十五本というノルマも、当初の三倍になっており、新人に課すものとしては大きすぎる。

しかも提出してもろくに見ず、「他の企画のパクリだ」と発言するのだから、真剣に取り組むだけ無駄なのかもしれない。それでも奏多はクォリティを落とさず、毎日トレンドのリサーチを重ねてはノルマをこなしていた。

今日はそうした鬱屈した思いが爆発して佐和を抱いてしまったが、彼女のほうも疲れている様子だったのが気にかかる。

（新人の俺とはやっている仕事の内容が違うんだろうし、何も手伝えないのが歯痒《はがゆ》いな。あんまり無理しないでいてくれるといいけど）

彼女への想《おも》いを自覚し、恋人に昇格するべくアプローチをしようと決めてから十日ほど経つものの、仕事の忙しさもあって何もできていない。

今は正直それどころではなく、もう少し状況が落ち着いてから考えるべきなのかもしれなかった。

頭を切り替えた奏多は、企画書のフォーマットを呼び出す。そして集中し、残り数本のノルマをこなすべく、黙々とキーボードを叩き始めた。

＊　＊　＊

プライベートで悩みがあるときは、仕事も何となく上手くいかないことが多い。

校正は自分が受け持つ記事以外のものが定期的に回ってくるものの、今日の佐和は締め切りを見落としていて、慌ててやる羽目になった。

そのあいだも他の案件が同時進行中で、突発的な撮影の日程変更でスタジオの予約の変更や関係者への伝達をするためにバタバタしたり、仕事が遅れている外部ライターと連絡がつかなくなったりと、疲れることばかりが続く。

夕方、ブラックのコーヒーを飲みながら赤ペンを持って校正をする佐和に、隣の席の奥川が話しかけてきた。

「大丈夫？　何か煮詰まってるみたいだけど」

「うん。いろいろバタバタしたけど、この校正を終えたら一段落つきそう」

「話聞いてあげるから、今日の夜飲みに行こうよ。私、辛いものが食べたい」

かくして午後六時に退勤した佐和は、奥川と連れ立って歓楽街にある台湾《たいわん》料理の店を訪れた。

ピータンとガリの盛り合わせや極太メンマの黒胡椒《くろこしょう》風味、激辛麻婆《マーボー》豆腐、青菜炒めなどをオーダーし、台湾ビールで乾杯する。瓶のまま半分ほどを飲むと、彼女は「おっ、いいペースじゃん」と言い、話題を振ってきた。

「今日は仕事の段取りが悪かったみたいだね。でもその前から、永岡は残業が多くなってたでしょ。もしかしてデスクと何かあった？」

どうやら奥川は、佐和と緒方の関係がぎくしゃくしているのに気づいていたらしい。

元々彼女は自分たちが交際していた事実も知っているため、相談するのに最適な相手だ。佐和は「実は」と言い、これまでの経緯を説明した。

――一週間ほど前から、企画の草案やページ構成のラフ画を持っていくと一回ではＯＫが出なくなったこと。具体的にどうすればいいのかを聞いてものらりくらりと躱され、リテイクの修正に時間を取られて他の作業を圧迫していること。

するとそれを聞いた奥川は眉を上げ、口の中の青菜炒めを嚥下《えんげ》して答えた。

「あんたたちが別れたのって、二月の半ばだっけ。あれから三ヵ月も経って急に嫌がらせをしてくるの、おかしくない？」

「うん。復縁を迫られたのを断ったからだと思ったけど、それも二ヵ月前だし。一体何がきっかけなのか、わからないんだよね」

リテイクは二回目、もしくは三回目の修正でＯＫが出るため、編集長や副編集長には被害を訴えづらい。佐和がそう言うと、彼女が眉をひそめて言った。

「何それ、感じ悪い。要するに他にはわからないように、上手いこと嫌がらせをしてるってわけだ」

「どの仕事もまずはデスクからＯＫをもらうのって、うちの編集部の中では確立されているプロセスでしょ。だから無視もできなくて」

　すると奥川は彼女らしい歯に衣着《きぬ》せぬ言い方で緒方をこき下ろし始め、それを聞いた佐和は大いに溜飲《りゅういん》を下げる。

　台湾ビールはお互いに三本飲み、その後紹興酒《しょうこうしゅ》のロックに切り替えた。牡蠣のオムレツや台湾まぜそばなども追加オーダーし、次第に酔いが回った佐和は、手の中のグラスを弄びながら口を開く。

「実は悩んでることは、他にもあるんだ。前にうちの隣に引っ越してきた年下男子と、その……しちゃったっていう話をしたよね？　駅から同じ傘で一緒に帰ってくれたお礼にご飯に誘って、そのまま勢いでしたら、相手が童貞だったたって」

「うん。でも私が『あれからどうなったの』って聞いても、あんた『別に』って答えてたじゃん」

「奥川には話してなかったけど、それには続きがあるの。あの翌日に、彼がわたしが忘れたブラを返しに来て」

「えっ、そんなの普通忘れる？」

隣人が形が崩れないよう手洗いして陰干ししたというブラを返してくれたこと、そして彼から他に恋人ができるまでのあいだに練習相手になってほしいと頼まれたこと、毎日の手作りの夕食と週に一度の部屋の掃除と引き換えにそれを了承したことを話すと、奥川が目を爛々と輝かせて食いついてきた。

「つまり、セフレってことだよね？　私の知らないあいだに、あんた何そんな楽しそうなことしてんのよ」

「流れっていうか……それであの、その相手が小野くんなの」

「は？」

「だから、うちの新入社員の小野くんなの」

彼女は数秒間沈黙し、やがて「ええっ」と大きな声を上げた。

「小野くんって、あの小野くん？　永岡、彼が入社するって前から知ってたの？」

「ううん。編集長が新入社員として小野くんを連れてきたとき、心臓が口から飛び出るくらいにびっくりしちゃった。彼のほうは、わたしの家に入ったときに会社の名前が入った封筒があるのを見て気づいてたみたいだけどね」

すると奥川が紹興酒のグラスに口をつけ、椅子の背に身体を預けてしみじみと言う。

「それはびっくりだわ……。あんた、ずっと黙ってるなんて水臭いじゃん。今も関係は続いてるの？」

「……うん」

「会社ではお互いに素知らぬ顔で仕事してるってこと？　いやらしい～」

揶揄《やゆ》する口調でニヤニヤされたものの、佐和の表情は冴《さ》えない。

だいぶ酔いが回っているのを感じつつ、緩慢なしぐさで手の中のグラスを見つめて言葉を続けた。

「そんないいものじゃないよ、全然」

「何言ってんの。元々隣に引っ越してきた若い子の顔が好みで、心のオアシスとか言ってなかった？　そんな相手とそういう関係になってるんだもん、もういっそつきあっちゃいなよ」

「無理。だってわたし、彼に恋愛対象として見られてないもん」

佐和は昨日、小野がトークアプリでメッセージのやり取りをしているのをたまたま見てしまい、その相手が〝晴香〟という女性だったのを語った。

「別に小野くんにも女の子の友達くらいいるだろうけど、その内容が『デートスポット、いろいろ調べたよ』『ドライブで小樽まで行くのとか、手軽でいいよね』っていうもので、いかにもつきあいたてのカップルみたいな会話だったの。それを見た瞬間、彼にとってのわたしはあくまでもセフレに過ぎなくて、恋愛対象は他の女の子なんだなって感じて」

「それで小野くんのほうは、何て？」

「『小樽か』『近すぎない？』って、気安い文面で返してた」

それを聞いた奥川が、「ああ」と微妙な表情でつぶやく。

佐和はグラスの中に残っていた紹興酒を飲み干し、ドリンクメニューを眺めながら言葉を続けた。

「小野くんはあのとおり恰好いいし、ある程度行為に慣れたらそりゃ同年代の子に目がいくだろうなって、妙に納得しちゃった。でも何ていうか、今まで彼との距離感とかがすごく心地よかったせいか、喪失感がすごいんだよね。六つも年上なのにまんまと好きになってるのが、我ながら情けなくて」

「まあ、永岡はそんなに器用なタイプじゃないから、『セフレだ』って割りきれずに相手のことを好きになっちゃうのには納得するわ。問題は小野のほうだよ」

突然彼を呼び捨てにした奥川が、真剣な顔で身を乗り出してくる。

「思うんだけどさ、小野が童貞っていうの、最初から嘘だったんじゃない？　あんたを引っかけるための嘘だったんじゃ」

「えっ」

「だって普通の童貞は、ブラジャーは形が崩れないように手洗いをして陰干しするものだなんて知らないでしょ。しかもあの顔で有名大卒っていう高スペックなんだから、普通は女のほうが放っておかない。つまり最初からあんたを釣るつもりで『童貞なんです』って嘘の告白をした、いわばフェイクチェリーだよ、きっと」

「フェイクチェリー……」

そんな言葉が本当にあるのかは知らないものの、妙なインパクトがあり、佐和は思わず口に出して反芻《はんすう》する。

確かに言われてみれば、小野のセックスの覚えは早かった。初めて抱き合ったときも佐和には充分快感があり、回を重ねるごとに上手くなっていった印象だが、もし最初から経験済みだったとしたらどうだろう。

（たまたま隣に住む女と飲んだときに隙があったから、気を引くために「童貞なんです」って言ったってこと？　……奥川に言われると、何だか本当にそんな気がしてきた）

グルグルと考え込んで押し黙る佐和を、彼女が気遣う視線で見つめてくる。

そして「あのさ」と言いにくそうに口を開いた。

「さっきは『つきあっちゃいなよ』って無責任にけしかけたけど、よく考えたらあんまりお勧めできないわ。やっぱり六歳の歳の差は大きいし、二十八歳と二十代前半の女がいたら、男は間違いなく若いほうを選ぶでしょ？　よしんばつきあったとしても、いずれ同年代の女の子に目がいっちゃうのは避けられないと思うんだよね」

図らずもその言葉はかつて緒方が浮気をした理由として挙げたのと同じ内容で、佐和の胸がズキリと痛む。

男なら誰もが若い子が好きだというならば、きっと小野も例外ではない。現に彼は〝晴香〟という女性と連絡を取り合っており、デートの打ち合わせをしていた。佐和はポツリと言った。

「……そうだよね。だから小野くんは、〝晴香〟とメッセージのやり取りをしてたんだよね」

「会社の先輩社員とよろしくやりながらそんな行動をするなんて、相当調子に乗ってるよ。とっと切ったほうがいいし、その前に私が小野にガツンと言ってやろうか」

奥川が鼻息荒くそんな提案をしてきて、佐和は慌てて押し留める。

「いいよ、そんなの。揉めたりしたら、それこそ会社で問題になるし」

「でも……」

「大丈夫。彼にはわたしが自分で話をするから」

佐和は「ただ」と言葉を続け、やるせなく笑った。

「今日は和志の嫌がらせに加えて小野くんの問題があったから、気持ちがだいぶ落ち込んでたんだ。でも奥川に話を聞いてもらえて、ちょっと楽になった。やっぱ持つべきものは同期だね」

「でしょ？　明日は土曜なんだし、今日は思いっきり飲みなよ。二軒目も行っちゃおうか」

「いいね」

誘われるがままに二軒目に繰り出し、佐和が帰宅したのは日付が変わってからだった。

そのままメイクも落とさずに爆睡し、目が覚めると朝九時になっている。二日酔いでぼんやりする頭で起き上がった佐和は、まだ鬱々とした気持ちが残っているのに気づき、ため息をついた。

(駄目だ。お酒を飲んでるときは気が紛れても、一人になると気持ちが落ち込んじゃう。思いきって気分転換しよう)

スマートフォンで高級スパを検索し、予約した佐和は、シャワーを浴びたあと身支度をして街中まで出掛けた。

そしてフェイシャルとボディマッサージ、入浴を愉しみ、百貨店で前から気になっていた新しいコスメを買い込む。

昨夜はかなり飲んだものの記憶は鮮明で、奥川と話した内容はしっかり覚えていた。小野は最初からこちらを弄ぶつもりでいたかもしれず、たとえそうではなかったとしても別の女性と連絡を取り合っているのは事実だ。

今日は朝から何の連絡もないため、もしかすると例の晴香という女性と小樽にドライブにでも出掛けているのかもしれない。

(だったら……)

だったらもう、終わりにするべきだ。

そもそも自分たちは恋人同士ではなく、利害で結びついた関係だった。彼はこちらの身体が目当てで、佐和のほうは夕食と部屋の掃除という条件につられて応じたものの、思いのほか楽しくなってしまったのが大きな誤算だ。

だが小野に他に仲良くしている女性がいるなら、自分はもう用無しに違いない。これ以上好きになってドツボに嵌まる前に、さっさと切ったほうがいい。

（小野くんがわたしの生活からいなくなったって、前に戻るだけだよね。仕事をせっせと頑張って、休みの日はスパに行ったり気になってたお店に出掛けたり、それで充実してたもん。別につらくなんかない）

そう考えながら、佐和は自分の機嫌を取るためにお気に入りのショコラトリーでチョコレートを買うべく、地下鉄で円山《まるやま》に向かう。

高級住宅街にほど近いエリアには多数の飲食店やセレクトショップがひしめき、行き交う人が多かった。ショコラトリーは数年前のオープン時に取材したことがある店で、イートインスペースでSNS映えするデセールを食べることができ、佐和はプライベートでよく利用している。

店は相変わらず盛況で、芸術的なアシェットデセールを堪能したあと、オーナーシェフに挨拶をして帰路についた。

（ショコラの詰め合わせ、思いきって大きな箱を買っちゃった。これから毎日ちょっとずつ食べよう）

ほんの少し気分が上がったのを感じながら地下鉄を乗り継ぎ、最寄り駅で降りる。

今日はまだ小野からの連絡はなく、佐和は「向こうも都合があるだろうし、晩ご飯は家にあるもので適当に済ませよう」と考えながら地上に出た。

そしてドラッグストアでティッシュや洗剤などの日用品を買い、自宅マンションに向かう。すると少し先を歩く男女に、ふと目が吸い寄せられた。

後ろ姿しか見えないが、細身でスラリとした体型の男性と小柄な女性が何かを話しながら歩いている。その姿には見覚えがあり、佐和の心臓がドクリと跳ねた。

（あれ、小野くんだ。彼の隣にいるのは……）

二十代とおぼしき女性は栗色のセミロングの毛先が肩で緩やかにカールし、服装に清楚さが漂っていた。小野は彼女の荷物を持ってやっていて、女性が楽しそうに話すのを優しい顔で聞いている。

そのとき佐和の脇を通り過ぎた自転車が、二人がいる方向に走っていった。結構なスピードが出ているそれに気づいた小野が、女性の肩を抱いて自分のほうに引き寄せる。

まるで彼氏のように親密なしぐさだったが彼女はまったく嫌がることなく、ホッとした顔で礼を言っていて、それを見た佐和はショックを受けた。

（もしかして、あれが〝晴香〟？　二人は今日、ずっと一緒にいたの……？）

何やら話しながら二人がマンションに入っていき、佐和はその場に立ち尽くす。

これから小野の自宅に行った彼らは、きっと親密な時間を過ごすのだろう。そう思うと嫉妬と痛みがない交ぜになった感情がこみ上げて、かすかに顔を歪めた。

しばしエントランスを見つめていた佐和は、やがて建物の中に入る。エレベーターに乗り込み、六階で降りて自宅の玄関の鍵を開けると、朝起きたままの荒れた部屋があった。

(……片づけよう。これからは、小野くんには頼れなくなるんだから)

隣の物音を聞きたくないため、ヘッドホンをして大音量で音楽をかける。

脱ぎ散らかした服を拾い集めて洗濯機を回し、シンクに溜まった洗い物を片づけた。床に積んだままの雑誌や書籍を本棚とラックにしまい、フローリングワイパーで埃《ほこり》を集めたあと、床の雑巾がけを始める。

せっせと身体を動かしていると、余計なことを考えずに済んだ。水回りを掃除してから洗い上がった洗濯物を浴室乾燥機に干し、ベッドのリネンまで換えると、時刻は午後六時になっている。

(疲れた……。こんなにきれいになるなんて、わたし、やればできるじゃん)

ピカピカになった部屋を眺めた佐和は、ようやくヘッドホンを外す。

このあとはワインでも飲みながら適当に夕食を済ませ、寝てしまおう。そう考えていると、ふいにインターホンが鳴り響いた。

モニターを確認すると、そこには小野の姿がある。わざわざ訪れたということは、先ほどの女性はもう帰ったのだろうか。そう考え、ぐっと唇を引き結んだ佐和は、ボタンを押した。

「はい」

『小野です』

通話を切り、玄関に向かう。鍵を開けるとそこには白のロンTにテーラードジャケットという恰好の彼がいて、佐和を見て微笑んで言った。

「晩飯の誘いに来たんです。親戚からいろいろ差し入れをもらったので、これからうちに来ませんか」

「ううん、行かない」

「どうして……」

「小野くん、わたしたちこうして二人で会うのはやめよう。〝練習〟なら、もう充分にしたでしょ」

突然の決別宣言を聞いた小野が目を見開き、問いかけてくる。

「どうしていきなり、そんなことを言うんですか。俺の言動で何か気に障ることでもありましたか？」

「別にそういうんじゃないけど、小野くんは充分上手になったから練習はもう必要ないかと思って。それに最初の話では、『佐和さんに他に恋人ができたら、ちゃんと立場を弁えます』って言ってたよね？　実はわたし、他に気になる人ができたんだ」

本当はそんな人間はいないのにあえてそう言ったのは、なけなしの意地だ。

自分たちは同じ会社の先輩後輩で、これからも顔を合わせる。ならばなるべく穏便に別れようと思ったのが、その動機だった。

だがそれを聞いた瞬間、小野が真顔になる。彼は佐和を正面から見つめ、真剣な顔で言った。

「その相手がどこの誰なのか、名前を聞いていいですか」

「小野くんにいちいち言う義務はないでしょ」

「あります。――俺は佐和さんのことが好きですから」

思いがけない発言に、佐和は目を見開く。

自分に隠れて他の女性と連絡を取り合い、今日は自宅にも連れ込んでいたくせに、小野は抜け抜けとそんなことを言う。信じられない気持ちがひたひたと心を満たし、佐和はぐっと拳を握りしめた。

(何それ。その場しのぎの嘘をついてまで、セフレのわたしを手放したくないってこと？　どんだけヤリチンなのよ)

一気に怒りがこみ上げたものの、佐和はすんでのところでそれを堪《こら》える。

ここで自分が怒れば小野に気持ちがあるのを示すことになり、彼の思う壺だ。こちらは六歳も年上なのだから、せめて引き際だけはきれいでいたい。そんなプライドがあり、佐和はふっと息を吐いて告げた。

「そんなリップサービスができるようになったんなら、小野くんは大丈夫だよ。自信を持って同年代の女の子とつきあえるはずだから、わたしとはもうおしまい。お願いだから、これ以上煩わせないで」

「佐和さん、俺は……っ」

「明日からわたしと小野くんは、普通の先輩後輩。プライベートでは一切絡まないから、そのつもりでいて。じゃあね」

小野の身体を玄関から押し出し、佐和は鍵を閉める。

そしてリビングに戻り、ドアの前でズルズルとしゃがみ込んで顔を伏せた。

（これでいい。〝晴香〟について問い質して、みっともなく取り乱したくないもの。さっきのわたしは、年上らしく振る舞えていたはず）

彼が自分を体よく繋ぎ止めるために「佐和さんのことが好きです」と言ったのだと思うと、胸がズキリと痛む。

小野くらい若い子ならたやすくそういうことが言えるのかもしれないが、アラサーに戯《たわむ》れにその言葉を向けるのは残酷だ。本気にして一、二年の時間を無駄にした挙げ句に捨てられたら、目も当てられない。

しかし実際に別れを告げた途端、彼と過ごした日々が脳裏によみがえり、苦しくなった。一緒にご飯を食べたり、酒を飲んだり、サブスクの映画を観てあれこれ感想を言い合うのは楽しかった。

抱き合えば互いの熱に溺れ、肌が馴染むにつれて気持ちも引きずられて、六歳の年齢差を超えて小野を好きになっていた。

「……っ」

目にじわりと涙がにじみ、佐和は膝に顔を伏せたまま息を詰める。

こうして泣くのは、今夜だけだ。明日からは彼の存在を自分の中から徹底的に排除し、以前の生活に戻らなくてはならない。

そう自分に言い聞かせながら、佐和は小さく洟《はな》を啜る。そしてズキズキとした心の痛みを、じっと押し殺した。

第七章

マンションの廊下に押し出され、目の前でドアが閉まる。

間髪容《い》れずに玄関の鍵がカチャンと閉められるのを、奏多は呆然と見つめた。

(俺とはもう会わないって、一体何でだ。いきなりあんなふうに言うなんて)

しばらくその場に立ち尽くしたものの、おそらく今夜目の前のドアが開くことはない。

そう悟り、隣の自宅に戻った奏多はリビングのソファに座り込む。なぜ突然佐和が別れを告げてきたのか、その意図がわからなかった。

(まさか本当に、他に気になる相手ができたのか？　そっちと向き合いたいから、俺のことは邪魔で――それで)

顔も知らないその相手を想像し、奏多の中に焼けつくような嫉妬の気持ちがこみ上げる。

彼女に「好きだ」と気持ちを伝えたものの、その反応はにべもないものだった。佐和の態度はこちらより大人である分余裕があり、まったく感情を読ませず淡々としていて、今まで見たこともない表情をしていた。

（スマホにメッセージを送ってみようか。直接は話せなくても、文章なら……）

しかし自分なりに考えた文章を送ってみたものの、既読にならない。それを見た奏多は、「もしかすると、ブロックされているのかもしれない」と考える。

ならば明日再度自宅を訪問して、話をするしかないのだろうか。じりじりとした焦りばかりがこみ上げ、奏多は忙しさにかまけて佐和に告白するのを先延ばしにしていた自分を悔やんだ。

（緒方デスクの嫌がらせへの対応で時間を取られて、最近は全然気持ちの余裕がなかった。落ち着いてから話そうと思っていたら、こんなことに）

奏多にとっての彼女は、かけがえのない存在だ。

元々好印象を抱いていたところでひょんなことから抱き合い、一気に気持ちを持っていかれた。きれいな見た目に反して家事がまったくできなかったり、部屋がとんでもなく汚いのは本来マイナス点のはずだが、まったく気にならない。

佐和の屈託のなさやあっけらかんとした笑顔、旺盛な食欲を見せる一方でベッドでの艶っぽさは、奏多の心を強く惹きつけていた。彼女は六歳の歳の差に言及していたが、こちらにとっては些末《さまつ》なことだ。一緒にいて楽しいのだから、何の問題もないと思っている。

（諦められないんだったら、精一杯気持ちを伝えるしかないんだよな。そもそもあの人とつきあえ

るのは、きっと俺しかいないだろうし）

佐和のだらしなさを許容し、むしろ「自分が代わりにやればいい」と考えられる男は、そうそういないに違いない。

思えばこうした世話焼きな性格は、長年姉の面倒を見ていたことで培われてきたのだろう。顔を上げた奏多は、彼女の部屋に面した壁に視線を向ける。

隣家からは何の物音もせず、佐和が今何をしているのかはわからない。ここまで誰かに強く執着したことはなく、重苦しい気持ちが胸を満たしていた。

小さく息をつき、立ち上がった奏多はノートパソコンを手にソファに戻る。週明けの仕事に向けて、今のうちにできることをやっておきたい。いつもバリバリ仕事をこなしている彼女と、早く肩を並べて立てる存在になりたくてたまらなかった。

（明日、昼くらいにまた佐和さんの家のインターホンを押してみよう。……何とか話ができるように頑張らないと）

翌日は日曜で、奏多は佐和と話をするべく何度か自宅を訪れたものの、彼女はインターホンに一度も反応しなかった。

相変わらずメッセージも既読にならず、電話にも出ない。翌日の月曜、朝八時半に奏多が出勤すると、佐和は既にオフィスに来ていた。彼女はパソコンに向かって何かを打ち込んでいて、忙しそうに見える。

自宅を訪れても会えないのなら、帰宅してきたところを狙うべきだろうか。それとも、会社で捕まえて話をするべきだろうか。

(でもそれだと、他の人に見られるかもしれないしな……。どうしたもんだろう)

そんなことを考えながら仕事を始め、奏多は先輩社員から頼まれた作業を順番にこなしていく。始業して二時間ほど経った頃、一旦外出した佐和がオフィスに戻り、その足で真っすぐ緒方のところに向かうのが見えた。彼女は何やらただ事ではない雰囲気で表情を険しくしており、ヒールを鳴らして足音高く歩み寄っていく。

奏多のほうはといえば、先輩社員の一人から情報収集を頼まれていて、ネットをリサーチして必要なものをピックアップしているところだった。緒方の元に向かった佐和が、デスクに手をついて強い口調で言う。

「――今日の十時に予定していたASSORTITO《アッソルティート》さんの取材が、勝手にキャンセルされていました。カメラマンさんと一緒にお邪魔したら向こうがすごく驚いた顔をしていて、オーナーシェフの江上《えがみ》さんいわく、先週の金曜に朝倉出版の者だという男性から電話があり、『こちらの都合で申し訳ないが、取材は取りやめにしてもらえないか』と言われたそうです。電話をしたのはあなたじゃないんですか、緒方デスク」

それを聞いた奏多は、驚きに目を瞠る。

これまで緒方から度重なる嫌がらせを受けており、それは新人である自分に限定されているものだとばかり考えていたが、彼は佐和にも同じことをしていたのだろうか。

(俺と佐和さんに同時に嫌がらせをしていたのは、もしかして私怨か？　二人は前につきあってたって言ってたし、俺との親しさや自宅が隣同士だってことに気づいたのかも)

そんなふうに考えを巡らせていると、緒方は胡乱《うろん》な表情になり、佐和に向かって言う。

「何を言ってるか、まったくわからないんだが。取材の段取りが悪いのは担当であるお前の責任だし、何でそこに俺の名前が出てくる」

「最近の嫌がらせについて、わたしが気づかないとでも思ってるんですか？　企画は全ボツ、ろくなアドバイスもせずに何度もリテイクを出す。構図ラフも何だかんだケチをつけて、一度では絶対に通しませんよね。それだけではなく、自分が口約束で取りつけてきた案件の確認や手配を丸投げしたりと余計な仕事を増やして、わざとこっちの作業を邪魔されていると感じることが多々ありました。今回の無断キャンセルだって、そうです。男性の声で電話があったと言っていましたが、あなた以外に思い当たる人物がいません」

するとと彼が眉を上げ、皮肉っぽく笑って答えた。

「ずいぶんな言われようだが、永岡の被害妄想じゃないか？　企画やラフが通らないのは、その内容に問題があるからだ。自分の力不足をこっちのせいにするなんて、中堅社員とは思えないな」

オフィス内にいた社員たちが二人の言い争いに気づき、事の成り行きを注視している。

一人の女性社員が、隣にいた後輩社員に「編集長か副編集長を呼んできて」と耳打ちし、頷いた社員が急いでオフィスを出ていった。

佐和はすっかり頭に血が上っていて冷静ではなく、なおも何かを言おうとする。状況的にこれ以上彼女に発言させるべきではないと考えた奏多は、その背後に歩み寄ると、緒方に向かって告げた。

「――緒方デスクがしていることは、立場を利用したパワハラですよね。僕だけではなく、永岡さんにもしていたんですか」

すると彼はわずかに狼狽し、精一杯平静を装いながら言う。

「何だ、小野。俺は今永岡と話してるんだから、割り込んでくるなよ」

「僕も無関係ではないので、話に加えていただきます。これまでの緒方デスクの言動について、いい機会ですから話し合いましょう」

＊　＊　＊

突然話に割り込んできた小野を、佐和は驚いて見つめる。

この状況で彼が発言するとは思わず、ひどく混乱していた。

(「僕だけではなく」って、もしかして小野くんも和志に嫌がらせをされていたの？　確かに最近、遅くまで残っている日が多かったけど……)

佐和がこうして緒方に詰め寄っているのは、今日予定していた取材が勝手にキャンセルされていたからだ。

人気のリストランテに取材交渉し、日程を擦り合わせた上で訪問したはずなのに、シェフは「金曜日にease編集部を名乗る男性から電話があって、取材取りやめの申し出を受けた」と語った。

延期ではなく取りやめと聞いてシェフは困惑したものの、相手は詳しい事情を説明せずすぐに電話を切ってしまったらしい。その話にまったく心当たりがなく、混乱した佐和だったが、シェフには平身低頭で詫び、「なぜこんなことになったのか社内調査をした上で、再度ご連絡いたします」と告げて店を出た。

(一体どういうこと？　企画が取りやめになったなんて、何も聞いてない。そもそもこれはわたしが担当する企画なのに、こっちに話を通さずにこんなふうになるのは、明らかにおかしい)

一体誰が、店にキャンセルの電話をしたのか。そう考えたときに思い浮かぶのは、緒方しかいなかった。

この一週間余り、彼は佐和の仕事にとことん駄目出ししたばかりか、本来自分がするべき雑務まで押しつけて業務の邪魔をしていた。いきなりそんなことをし始めた理由はわからないものの、今回のように仕事相手がいる案件を勝手にキャンセルするなど、あまりにも度が過ぎている。

同行してくれたカメラマンに段取り不足を謝罪して会社に戻った佐和は、ふつふつとこみ上げる怒りを感じながら広告営業部企画制作グループのフロアを目指した。

そしてデスクでコーヒーを手にパソコンの画面を見ている緒方の姿を見つけ、今までのことも含めて問い質して、今に至る。

緒方が小野を見つめ、余裕の表情で問いかけた。

「俺の言動って、一体何のことだ。これまで小野には目を掛けてきたし、新人教育として必要なことを指導してきたつもりだけど、それが嫌だったのか？」

「昼休み前や終業直前に雑務を申しつけて、わざとタイトな締め切りを課すのが新人教育ですか？時間内に仕上げれば『間違って渡した資料だから、やる必要がないものだった』と言って目の前で捨て、もしくは『お前が遅いから、俺がもう自分でやった』と発言する。一日十五本というネタ出しのノルマを課し、他の業務を優先して夕方までに終わらなかったり、本数が足りなければ『使えない』と嫌みを言いました。これはパワハラとして成立すると思いますが、いかがですか」

すると彼は鼻で笑い、口元を歪めて答える。

「すぐパワハラだ何だって、今の若い奴《やつ》は本当に頭でっかちだよなあ。そんなに俺の指示に従うのが嫌なら、今すぐ辞めてくれていいんだぞ」

「そういう発言もパワハラに当たりますので、コンプライアンスに引っかかりますよ。それとも緒方デスクは、僕に退職を勧めるご自身の発言がこの会社の方針だと、自信を持って主張できますか」

淡々とした小野の指摘に、緒方がぐっと言葉に詰まる。

気がつけばオフィスにいる社員たちが、固唾《かたず》を飲んで成り行きを見守っていた。社員の一人が呼んできたらしい編集長の飯田が戸口に現れて、戸惑った表情でこちらを見ている。

彼がいるのに気づいた緒方が、小さく咳払いして言った。

「話はあとで改めて聞くから、とりあえず仕事に戻れ」

「いえ、戻りません。先延ばしにして密室で話せば、なあなあにするか丸め込もうとするだけですよね。もうそういう域を超えていますから」

きっぱりとした言い方はひどく冷静で、佐和は口を挟まずに二人のやり取りを見守る。

緒方にしてみれば、小野がこうして衆人環視の中で自分に抗議してくるのは予想外だったのだろう。しかし年齢によって培われたふてぶてしさで、余裕の笑みを浮かべて言う。

「お前も永岡も、さっきから俺がパワハラをしているような口ぶりで話してるけど、証拠はあるのか？　こう言っちゃ何だが、永岡の取材がキャンセルされた件や小野が俺にされたと主張する事柄は、全部被害者の立場で声高に言えば〝そういうこと〟になってしまうだろう。二人が結託して俺を嵌めようとしてる可能性だって、否定できない」

「……っ」

佐和は返す言葉に詰まり、ぐっと唇を引き結ぶ。

確かに度重なるリテイクは「仕事の範疇《はんちゅう》だ」と言われればそれまでで、取材のキャンセルは緒方がやったという明確な証拠がなく、佐和が直感的に〝彼がやった〟と感じただけだ。

（電話を取った江上シェフは、相手はeaseの編集部だっていうだけで名前を名乗らなかったって言ってた。つまり客観的には、和志の仕業だと言いきれないことになる）

悔しさに唇を噛み、勢いで緒方に噛みついたことを後悔していると、小野がさらりと告げる。

「――証拠なら、ありますよ」

「えっ」

「確かに緒方デスクからの指示はすべて口頭でされていましたが、僕は頼まれた仕事に『デスクのご指示どおりにやりました』という文言を添えて、事前に必ずメールで送付していました。その履歴がパソコンに残っていますから、内容を精査すればあなたが僕に頼んだ業務が妥当かどうかが客観的にわかると思います」

「……っ」

「それから社内の内部通報制度にも、過大業務や暴言について既に相談済みです。その際に証拠が重要だとアドバイスされたので、コロコロ指示が変わるところなど、ＩＣレコーダーにその都度録音しています」

理路整然とした説明を聞いた緒方が、みるみる顔色を失くしていく。小野が冷静な表情で言葉を続けた。

「僕に対するパワハラが実証されれば、永岡さんが受けていたという業務上の不利益も、彼女の被害妄想だと言いきれなくなるかもしれません。このあとは、より上の方に指示を仰ぎたいと思います」

すると戸口にいた飯田が入ってきて、佐和と小野に向かって言った。

「話は途中から聞かせてもらった。永岡と小野はそれぞれ緒方からパワハラを受けていて、そのことについて抗議していたというので間違いないかな」

「はい」

「編集長である僕が事態を把握しておらず、申し訳なく思ってる。小野は既に社内の内部通報制度に過大業務や暴言について相談済みだというから、そちらと連携して詳しい調査を行うつもりだが、協力してくれるかな」

佐和と小野が頷くと、飯田は緒方に視線を向ける。そして椅子に座ったまま青ざめている彼を見下ろして告げた。

「――緒方、まずはお前から話を聞く。別室に行こうか」


飯田と緒方が連れ立って出ていったあと、オフィス内は蜂の巣をつついたような騒ぎになった。

佐和は他の社員たちから「取材キャンセルって、向こうは怒ってなかった?」「緒方デスクのリテイクって、どのくらい出されたの」と矢継ぎ早に問いかけられ、それは小野も同様だ。

状況を見かねた先輩社員の一人が手を叩き、オフィス中に響く声で言った。

「はい、仕事仕事。皆それぞれやることがあるんだし、永岡や小野にしつこくしないように」

社員たちが仕事に戻っていき、佐和はホッと息をつく。そして傍らに立つ小野を見つめ、小さく言った。

「小野くん、あの……」

すると彼はチラリとこちらに視線を向け、周りに聞こえない声で答える。

「詳しいことは、夜に話しましょう。俺も仕事に戻ります」

「う、うん」

その後は佐和もデスクワークに集中し、やがて別室に呼ばれて飯田から事情を聞かれた。

これまであった経緯を細かく話し、「緒方にそうされる原因に、何か心当たりがあるか」と尋ねられた佐和は、遠慮がちに答えた。

「実はわたしと緒方デスクは、以前つきあっていました。彼の浮気が原因で二月半ばに別れたんですけど、その一ヵ月後に復縁要請を断ったので、もしかしたらそれを恨んで嫌がらせをされたのかもしれません」

「なるほど」

午後六時、事情を聞きたい他の社員たちから飲みに誘われた佐和だったが、すべて断って帰路についた。

自宅マンションに着くと既に小野の部屋の電気が点いており、自宅には寄らずにそのまま彼の家のインターホンを押す。

『はい』

「永岡です」

やがて玄関のドアが開き、小野が姿を現す。彼が「どうぞ」と促してきて、佐和は何となく緊張しながら中に足を踏み入れた。

「お邪魔します」

室内は相変わらず整然としており、男の独り暮らしとは思えない清潔感がある。

佐和にソファを勧めた小野が、キッチンに向かいながら言った。

「アイスコーヒーでいいですか」

「う、うん」

「ガムシロなしの、ミルクありですよね」

やがてグラスを二つ持った彼がやって来て、隣に座る。

佐和が「いただきます」と言って一口飲んだところで、小野が口を開いた。

「編集長の事情聴取、どうでしたか」

「あったとおりのことを話したよ。原因に心当たりがあるかって聞かれたから、彼と前につきあってた事実は話した」

「そうですか」

佐和はアイスコーヒーのグラスをテーブルに置き、彼を見つめて言う。

「小野くんも和志に嫌がらせをされてたなんて、全然知らなかった。いつから？」

「十日ぐらい前からです」

改めて小野の口からどんなパワハラを受けていたのかを聞かされた佐和は、その内容に怒りをおぼえる。顔を歪め、押し殺した声でつぶやいた。

「もっと早くに相談してくれれば、わたしが直接抗議しに行ったのに。何で話してくれなかったの」

「意地もありましたし、佐和さんに言うのは女々しい感じがして嫌だったんです。やるならとことんやろうと考えて、内部通報制度に相談したあと証拠集めをしていました」

飯田にこの五日ほどで録り貯めた会話を聞かせたところ、彼は「ひどいな」と眉をひそめていたという。

当の緒方本人はといえばどこか不貞腐れたような態度を取っていて、あまり話そうとしないらしい。しかし小野が社内機関に相談した実績があることから、彼のパワハラの認定は容易なようだ。

佐和はやるせなく笑って言った。

「小野くんは、冷静ですごいね。わたしは頭にカッと血が上って、何の証拠もないのにオフィスで和志に食ってかかっちゃった。上手いやり方じゃなかったって、すごく反省してる」

「俺が証拠を持ってたので、結果オーライじゃないですか」

二人の間に、束の間沈黙が満ちる。

会社でのトラブル以前に、佐和は彼に「もうプライベートでは会わない」と告げていた。原因は、小野が他の女性と親しくしていたことだ。他につきあっている相手がいるなら自分はもう用済みだと考え、そのように申し出た。

小野がうつむきがちに言った。

「一昨日、佐和さんにいきなり『もう会わない』って言われて驚きました。昨日は何度インターホンを鳴らしても出てきませんでしたし、トークアプリもブロックしてますよね。理由を聞いてもいいですか」

まるで自分に一切非はないと言わんばかりの口ぶりを聞いた佐和は、じわりと苛立ちをおぼえる。

彼はこちらに何もばれていないと思うから、そんな言い方をするのだろうか。そう考えながら膝の上の拳をぐっと握りしめ、口を開いた。

「もうわたしと〝練習〟する必要はないと思ったから、ああいうふうに言ったんだよ。だって小野くん、他につきあってる相手がいるよね？」

「えっ？」

「トークアプリで、〝晴香〟って子とデートの打ち合わせをしてるのがたまたま目に入ったの。お互いの口調も気安くて、すごく楽しそうで……。それについて聞けずにモヤモヤしていたら、土曜日の午後に二人で一緒に歩いてるのを見てしまって。小野くん、彼女の肩を抱いて自宅に入っていったでしょ。そのあとにのこのこ『晩飯を一緒に食べませんか』って来られても、受け入れられないよ」

すると小野が驚きの顔でこちらを見つめ、口を挟もうとする。

「ちょっと待ってください。あれは――」

「確かにわたしたちはただのセフレで恋人同士じゃないから、小野くんが他に彼女を作るのは自由だよ。でも、そもそもが〝練習相手になってほしい〟っていうのがきっかけだったんだから、彼女ができたらもう必要ないよね？　小野くんにとってわたしは性欲解消にちょうどいい相手だったのかもしれないけど、こっちにも気持ちがあるの。そんなふうに都合よく使われるのは……」

「ストップ。佐和さん、俺の話も聞いてください」

語気を強めてそう言われ、話すうちに気持ちが高ぶっていた佐和は口をつぐむ。

小野が真剣な表情でこちらを見つめた。

「俺は今、佐和さんの他につきあっている相手はいません。仕事で忙しくて、友人と会う暇もないくらいですし」

「でも……っ」

「ただし、〝晴香〟と連絡を取っていたのは認めます。彼女は俺の姉なので」

「……姉？」

思いがけない言葉にポカンとし、佐和は目まぐるしく考える。

しかしメッセージのやり取りをしている文面は、内容的にまるでカップルのようだった。佐和がそう言うと、彼はかすかに頬を染め、少しばつが悪そうに答える。

「それは俺が、晴香に相談していたからです。……佐和さんのことを」

「えっ？」

「〝六歳年上の人を落とすには、どうしたらいいんだろう〟って。そうしたら姉が、デートスポットをいろいろ調べて情報を送ってくれたんです」

小野の口ぶりはまるでこちらに恋愛感情を抱いているかのようで、佐和の心がざわめく。

だがまだ気になっていることがあり、勢い込んで問いかけた。

「で、でも、女の子の肩を抱き寄せてたよね？　そのまま自宅に入っていったから、わたし――」

「それは猛スピードの自転車が歩道を走ってきて、咄嗟に身体を引き寄せただけです。ずっと肩を抱いていたわけじゃありませんし、そもそもそれが姉ですから、自宅に入れても何も起こりようがありません」

小野と一緒にいたのが姉本人だとわかり、佐和は言葉を失くす。

もしかして自分は、盛大な勘違いをしていたのだろうか。そう考えていると、彼が言葉を続けた。

「実は晴香は今、妊娠がわかったばかりで。それで自転車に過敏になっていた部分もあったかもしれません」

「……そうだったんだ」

妊娠初期なら、確かに自転車の接触に過敏になるのも無理はない。佐和がそう考えていると、彼が言いにくそうに告げた。

「でも、姉に対して過保護なのは認めます。昔からぼーっとしてる彼女から目が離せなくて、あれこれ世話を焼いていたので。要するに俺はシスコンなんです」

「シスコン……」

小野いわく、姉の晴香はいつも明るくニコニコしており、一見悩みがなさげに見えるものの、実際は気が小さく落ち込みやすい一面があって放っておけないタイプだったらしい。

彼はそんな姉に常に気を配り、幼い頃から何かと世話をしてきたのだと語った。友人づきあいより晴香との予定を優先することもあり、学生時代は友達のあいだでそのシスコンぶりが有名だったのだそうだ。

昨日小野と一緒にいた女性が身内だと知った佐和は、深く安堵する。しかしこの際気になっていることをすべて聞こうと思い、小さく言った。

「初めてした翌日、小野くん、わたしのブラを洗濯して持ってきてくれたでしょ？　しかも形が崩れないように手洗いして陰干ししたって言ってて、それを聞いた奥川が、『今まで童貞だった男が、女物の下着の洗濯の仕方を知ってるのはおかしい。あんたを引っかけるために童貞を騙《かた》った、いわばフェイクチェリーじゃないか』って言い出したんだ。それを聞いて、確かにそのとおりだって思って。もし小野くんがわたしを体よくキープにするために童貞を騙ってたなら、これ以上はつきあえない。わたしも年齢的に将来を見据えた恋愛をしたいし、だから昨日『もう会わない』って言ったんだけど」

するとと彼は、あっさりそれを否定した。

「童貞だったのは本当で、佐和さんが正真正銘初めての相手です。俺が女性用の下着の洗濯の仕方を知っていたのは、姉が原因ですよ」

「お姉さん？」

「今でこそ結婚してますが、独身時代の晴香は片づけができない、いわゆる〝汚部屋女子〟だったんです。当時大学生だった俺は、ときどき彼女の独り暮らしの自宅に行っては部屋を片づけていました。掃除や洗濯全般をやっていたので、下着の扱いもおのずと覚えていった感じです」

確かに小野は佐和の荒れ放題の自宅を見たときに驚いてはいたものの、「自分はそういう部屋に耐性があるほうなので、気にしない」と語っていた。

もしそれが姉の汚部屋で慣れていたからだと思えば、片づけが異様にてきぱきしていたのも頷ける。

「つまり……わたしが小野くんに抱いていた疑惑は、全部クリーンだったってこと？」

「そうです。他につきあっている相手はいませんし、佐和さんがそう思っていたのは実の姉ですから」

彼はそこで一旦言葉を切り、改めてこちらに向き直って口を開いた。

「俺は、佐和さんが好きです。引っ越しの挨拶をしたときから『きれいな人だな』と思って、たまにマンションの廊下で会って挨拶するのが密かな楽しみでした。俺がこの歳で童貞だと告白したのは完全に酒の勢いでしたけど、その後佐和さんから誘われたときは全然嫌じゃなかった。むしろ一度したらあなたへの好感が増して、ちゃんとつきあいたいと考えていたんです」

二度目に誘ってきたときに「昨夜の記憶が曖昧だ」と言ったのは方便で、実はしっかり覚えていたらしい。

それを聞いた佐和は、じわりと頬を染めて言った。

「……そうだと思ったよ。ほとんど覚えてないっていうわりに、初回より上手くなってたもん」

「いきなり『つきあってください』って言ったら、確実に断られると考えたんです。ですから恋愛の先輩として手ほどきをしてもらうというスタンスで、関係を継続するように仕向けました。交換条件として夕食を作るのと部屋の掃除を申し出ましたけど、思いのほか楽しくてまったく苦じゃありませんでした」

小野は自分の手料理を絶賛して笑顔でモリモリ食べてくれる佐和の姿を、微笑ましく感じていたという。

抱き合うたびに肌が馴染み、少しずつ感じるやり方も覚えていって、そうするうちに徐々に募っていく想いがあった。そう語った彼がこちらの手を握り、真摯な口調で言った。

「俺は六歳の年齢差はまったく問題ないと考えていますし、きれいで可愛い佐和さんが好きです。職場では、編集者としてさまざまな事柄にフレキシブルに対応している姿に尊敬の念を抱きました。俺は会社に入ったばかりの新人で、キャリア的にまったく頼りにならないかもしれない。でもいずれ必ず追いついて、あらゆる面で支えられるように頑張ります。だから俺を、佐和さんの恋人にしてくれませんか」

「――……」

いつもクールで淡々としている小野の熱を感じる口調に、佐和の胸がじんと震える。

彼にこんなふうに言ってもらえ、うれしさがこみ上げていた。スマートフォンのトーク画面を見て以降、童貞だと言っていたのは嘘だったのかもしれない、他につきあっている相手がいるのかもしれないという疑惑に苛《さいな》まれて苦しかったが、すべてが誤解だったのだとわかり、心からホッとしている。

佐和は高鳴る胸の鼓動を感じながら口を開いた。

「ありがとう。小野くんにそう言ってもらえて、すごくうれしい」

「……佐和さん」

「でも今はよくても、いずれ年齢差が重くなったりしないかな。わたしが初めての相手だからよく思えてるのかもしれないし、周りの目も……」

「年齢からくる自分の経験値不足を歯痒く思っても、佐和さんが年上であることを重く感じたりはしません。それに周りの目だって、まったく気になりませんよ。『俺の彼女はこんなにきれいだ』って自慢に思うだけです」

彼が予想外に自身の気持ちを言葉にしてくれるタイプなのだとわかり、佐和は面映ゆさをおぼえる。

こうして真摯に向き合ってくれる小野となら、この先上手くやっていけるかもしれない。自分が年上だという事実にはまだ後ろ向きな気持ちがあるものの、六歳下の彼を頼りないとはまったく感じていなかった。

佐和は微笑んで言った。

「小野くんのこと、最初は若いイケメンだなって思って、密かに心のオアシスにしてたの。ときどき姿を見かけたり、廊下で挨拶をするたびに『今日も恰好いいな、眼福だな』って。でも実際に話すようになると、学生時代から独り暮らしをするためにコツコツお金を貯めていたり、いかにも女の子にもてそうな顔をしてるのに童貞なのが意外だったし、家事まめで料理が上手なところをすごいと思った」

小野は二十二歳という年齢のわりに性格が落ち着いていて、言動から思慮深さが窺える。

仕事とプライベートときっちり分けて職場では馴れ合わないところもポイントが高く、何より今日は頭に血が上って冷静ではなかった自分とは反対に、理路整然と緒方を問い詰めていた姿を頼もしく思った。

「だから実際は、年齢差をあまり感じていないのかも。自分に足りない部分を持つ小野くんを尊敬するし、見てると『わたしも頑張らなきゃ』って思うんだ。それってプラスマイナスで言ったら、プラスだよね」

「……佐和さん」

「わたし、小野くんが好き。本当は結構早い段階から気持ちを自覚していたのに、小野くんがわたしをセフレとしか思っていないのかもしれないと考えて、言い出せずにいたの。そうするうちにトークアプリの内容は見ちゃうし、知らない女の子の肩を抱き寄せるところを目撃するしで、これ以上傷つきたくなくて一方的に『もう会わない』って言った。こうしてちゃんと話せばわかることなのにね」

それを聞いた彼が、握る手に力を込めて言う。

「言葉不足なのは、俺も同じです。最初から直球でぶつかればよかったのに、変にいろいろ考えて回り道をしてしまいました。佐和さんを〝セフレ〟なんて思ったことは一度もなかったのに」

「えっ、そうなの？」

「最初にした直後から、ちゃんとつきあいたいと思ってましたよ。でもきっと相手にされないと考えて、繋がりを切らないのを優先したんです」

それを聞いた佐和は、モソモソ言う。

「小野くん、わたしのこと好きすぎでしょ。いつも淡々とした顔をしてるのに、そんなこと考えてたんだね」

すると小野が、ニッコリ笑って答える。

「そうですね。何しろ今まで恋愛をせずにやっと童貞を捨てたばかりなので、余計に初めての相手である佐和さんに執着してるのかもしれないです。だから責任取ってくれますよね？」

「えっ」

「俺の欲求に、とことんつきあってもらわないと」


「……ぁ……っ」

リビングの灯りが差し込む寝室のベッドの上、佐和は両脚を大きく開いた状態で後ろから小野に抱き込まれている。

ストッキングと下着は取り去られ、スカートでかろうじて隠されている状況はひどく羞恥を煽った。彼の手が秘所に触れ、開かれた花弁が外気に触れてスースーする。佐和は小野の腕をつかんで言った。

「ね、この恰好はちょっと……んんっ」

彼の指が二本蜜口を探り、第二関節辺りまで埋められていく。

硬い指の感触に中がきゅうっと窄まり、粘度のある淫らな水音がした。指を動かし、内壁を刺激されると、じんわりと愉悦がこみ上げる。次第に呼吸が荒くなってきて、佐和はそれをこらえるようにぐっと唇を噛んだ。

すると小野が「佐和さん」と呼びかけ、空いているほうの手で顎をつかんで仰向けさせると、唇を塞いでくる。

「うっ……んっ、……ふ……っ……」

ぬるりと舌を絡めさせられ、口腔を蹂躙《じゅうりん》されて、肌が粟立つ。

そのあいだも指は隘路を行き来し、愛液が溢れ出していた。ようやく唇を離された途端、互いの間を透明な唾液が糸を引き、佐和は熱っぽい息を吐く。

彼は中を穿つ手を止めないまま、花弁の上部にある敏感な花芽を摘まんできた。

「ここ、もう尖ってる。気持ちいいですか」

「んぁっ！」

指で摘まんだり、押し潰したりする動きにじんとした甘い愉悦がこみ上げ、佐和は声を上げる。

小野の指の抽送が次第に速まり、中がビクビクと震えていた。柔襞を擦りながら行き来する指と花芽を直接刺激する指、両方に乱されて腰が跳ねる。

強すぎる快感に混乱し、佐和は必死に彼の腕をつかんで言った。

「ぁっ、待って……っ」

「脚を閉じないでください。ああ、すごく濡れてますね。ぐちゅぐちゅ言ってるの、聞こえますか」

「あっ、あっ」

後ろから身体を抱き込まれているせいで逃げ場がなく、佐和はなすすべもなく小野の指に翻弄される。

彼によって今どうされているかが丸見えなのも、ひどく興奮を煽っていた。じりじりと快感に追い詰められ、嬌声を抑えられない。やがて中に埋められた指がひときわ奥を抉り、ビクッと背をしならせて達した。

「あぁっ……！」

のけぞる身体を小野が背後で受け止め、奥から熱い愛液がどっと溢れ出す。

わななく内部の動きを愉しむようにゆるゆると指を抽送しながら、彼が上気した佐和の頬に自身のそれを寄せてひそやかに笑った。

「可愛い。こうして佐和さんをいっぱい感じさせてあげたいって、前から考えていたんです。この際だから、俺がしたいことをしていいですか」

「えっ……？」

佐和の身体をベッドに横たえた小野が、一旦離れていく。

戻ってきた彼の手にはネクタイがあり、それで両手首を拘束されて、佐和は慌てて言った。

「小野くん、これ……っ」

「佐和さん、縛られてしたことありますか？」

「な、ないよ」

「ふうん。じゃあ俺が初めてってことですね」

どこかうれしそうな顔をした小野が、もう一本のネクタイで目隠しをしてきて、佐和は動揺する。

「ちょっと、こういうのやめてよ。わたしはＳＭなんて興味ないから」

「これ以上のことはしませんよ。ああ、想像してたとおり、いやらしくていいですね。見えないといろいろ敏感になりませんか？　ほら」

「ぁ……っ」

ふいに耳朶を緩く食まれ、佐和はビクッと身体を震わせる。

彼の言うとおり、何をされるのかがまったくわからない状態で身体に触れられると、感覚がいつもより鋭敏になっているのがわかった。そのまま首筋に唇を這わされ、小野の手が胸のふくらみを包み込む。

「痛みを与えるようなことは一切しませんから、安心してください。背中、ちょっと浮かせてもらっていいですか」

「えっ？　あ……っ」

カットソーをまくり上げられ、背中に回った彼の手がブラのホックを外す。

一気に締めつけが緩み、ブラのカップをずらされるとふくらみが零れ出た。小野が突然先端を舐めてきて、佐和は小さく身体を震わせる。

「ん……っ」

敏感なそこはすぐにつんと勃ち上がり、芯を持った。

舌先で嬲るように舐められたあと、ちゅっと音を立てて吸い上げられる。皮膚の下からじんとした愉悦がこみ上げ、佐和は落ち着かず足先を動かした。

「はっ……ぁ、ん……っ」

目隠しして腕を縛られ、上衣をめくり上げられた自分が今どんな姿かを想像するだけで、身体が熱くなる。

常にないプレイは、非日常感と背徳的な気持ちも相まって佐和をドキドキさせていた。ふくらみをつかんだ小野が、なおも先端を愛撫してくる。舐めたり吸いついたりされるうち、そこがひどく疼いてじっとしていられなくなった。

佐和の肌にキスを落としながら、彼が脚の間を探ってきた。

「すっごく濡れてる。佐和さん、こうして縛られるの、本当は嫌じゃないんじゃないですか」

「んぁっ……！」

小野の指が体内に埋められていき、ゾクゾクとした感覚が背すじを駆け上がって、佐和は喘ぐ。

柔襞を掻き分ける感触に痛みはなく、むしろ快感があり、締めつける動きが止まらない。視覚を遮られているため、体内を行き来する指をいつも以上に意識してしまい、そこを彼に見られているという状況も余計に興奮を助長していた。

やがて指が引き抜かれ、温かくぬめるものが秘所を這い回り始める。舌で舐められているのだとわかった佐和は、太ももに力を込めて脚を閉じようとした。

「小野くん、それ、や……っ」

しかし小野の腕が太ももを押さえていて、脚を閉じられない。

彼の息遣いや髪のかすかな感触にまで感じてしまい、佐和は切れ切れに声を漏らした。やがてさんざん喘がせたあとで小野が身体を起こし、避妊具を取り出す気配がする。衣擦れの音のあとに蜜口に熱く猛《たけ》ったものが押しつけられ、佐和は身体を揺らした。

「あ……」

ずっしりとした質感を花弁に擦りつけられ、花芯をかすめるたびに甘い快感がこみ上げる。

張り詰めたものはいつも以上に硬く、小野もこの状況に興奮しているのが伝わってきた。いつまでも割れ目をなぞるだけで入ってこないものに焦れ、佐和は上擦った声で呼びかける。

「……っ、小野くん……っ」

「何ですか」

「ぁ、何で……っ」

どうしていつまでも挿れないのかと言外に尋ねると、彼が声に笑みをにじませて答えた。

「──佐和さんに、もっと俺を欲しがってほしいので」

「えっ……」

「俺ばかり好きなの、ちょっと悔しいじゃないですか。だから『して』って言ってほしいんです」

その言葉を聞いた佐和は、ぐっと心をつかまれる。

普段はいかにも今どきの若者らしくクールで淡々とした顔をしているのに、小野は自分を好きでたまらないらしい。さらりとそんな発言をされると、一体どんな顔をして言っているのかを知りたくなり、佐和は彼に向かって呼びかけた。

「ねえ、目隠し外して」

「えっ？」

「早く」

小野の手がネクタイの結び目を解き、視界が開ける。

彼の顔は一見いつもどおりに見えるものの、瞳の奥に押し殺した熱があった。それを目の当たりにした佐和は心が満たされるのを感じながら、ネクタイで拘束されたままの腕で小野の首を強く引き寄せる。

そして間近で彼と視線を合わせて告げた。

「——わたしも好きだよ」

「…………」

「ちゃんと小野くんが好き。雰囲気で言ってるんじゃなく、心からそう思ってるから、そんな試すようなことをしなくていいよ」

すると小野がかすかに目を見開き、少しばつの悪そうな表情になってボソリとつぶやく。

「……佐和さんは、そういうところが年上らしいですよね」

「そう？」

「そうですよ。それに比べて、俺は」

「小野くんは充分しっかりしてるし、自分を卑下する必要なんてないよ。わたしが毎日『好き』って言うことで安心するなら、そうしてあげる。つきあうって、そういう日々の積み重ねなんじゃないかな」

それを聞いた彼がチラリと笑い、思いがけないことを言う。

「じゃあひとつだけ、お願いしてもいいですか」

「何？」

「俺のこと、下の名前で呼んでほしいんです」

佐和は眉を上げて問いかけた。

「下の名前って……奏多くん？」

「〝くん〟はいらないです。佐和さん、緒方デスクのことは下の名前で呼び捨てにしてるのに、俺はいつまでも苗字なので」

あまりにささやかすぎるお願いに、佐和は面映ゆさをおぼえる。

（年下の可愛いところって、こういうところなのかもしれないな。いじらしいっていうか、和志のことはもう何とも思ってないのに）

そんなふうに考えながら、佐和はリクエストどおりに呼びかける。

「――奏多」

「…………」

「好き、奏多……んっ」

ふいに唇を塞がれ、くぐもった声が漏れる。

それと同時に強く腰を擦りつけられ、切っ先が蜜口を捉えてぐっと入り込んできて、佐和は喉奥で呻いた。

「うぅ……っ」

硬く張り詰めた昂ぶりが、蜜口からじりじりと埋められていく。

亀頭が沈み、幹の部分をのみ込んでいくにつれて圧迫感が強くなって、思わずきゅうっと中を締めつけてしまった。するとそれにぐっと息を詰めた小野が一気に腰を進めてきて、思わず背をしならせる。

「んぁっ……！」

脚の付け根同士が合わさり、剛直の先端が子宮口を押し上げて、目がチカチカするような圧迫感に息をのんだ。彼が熱い息を吐いてつぶやいた。

「中、すごく狭い……動きますよ」

「あっ……！」

根元まで埋めたもので深いところを突き上げられて、佐和は声を上げる。

縛られたままの手首をベッドに縫いつけ、小刻みな律動を送り込まれると怖いくらいの感覚が湧き起こって、佐和は混乱しながら言った。

「あっ、深い……っ」

「奥に当たってますよ。ほら、ここ」

「やぁっ……！」

腰を打ちつけられるたびに足先が揺れ、逃げ場のない快感にビクビクと身体を震わせる。

彼がこちらの身体に覆い被さり、ますます動きを激しくしてきて、身も世もなく喘いだ。中を硬い屹立でいっぱいにされ、涙目で小野を見ると、彼がふっと笑う。

「蕩《とろ》けた顔しちゃって、佐和さん、可愛い」

「……っ」

「黙っていればきれいなお姉さんって感じで仕事もできるのに、俺の身体の下であんあん喘いでいるのを見ると、すごく興奮します。ここ、好きですよね」

「あ……っ！」

感じるところばかりを的確に抉ってくる様子には、つい最近まで童貞だった片鱗《へんりん》は微塵もなく、佐和は悔しさとも誇らしさともつかない複雑な気持ちにかられる。

（ああ、でも……っ）

はっきりしているのは、自分たちの身体の相性が最高にいいことだ。

どんな動きをされても、気持ちよくて仕方がない。何より自分に向けられる小野の視線には愛情がにじんでいて、それが快感を助長しているのかもしれなかった。

　ふいに律動を止めた彼が一旦自身を引き抜き、こちらの腕をつかんで体勢を変える。小野の膝を跨《また》ぐ形にされた佐和は、膝立ちのまま縛られた手を彼の首に回した。すると小野が隆々と兆したままの剛直の先端を蜜口にあてがい、命じてくる。

「――そのまま、腰を下ろしてください」

「……っ」

　ゆっくりと腰を下ろしていくと、昂ぶりが少しずつ体内にめり込み、佐和は圧迫感に喘ぐ。硬く太さのあるものを自らのみ込んでいく感覚は強烈で、切れ切れに喘ぎを漏らした。彼は目の前の佐和の胸のふくらみをつかみ、先端に舌を這わせてくる。その感触にビクビクと身体を震わせながら、佐和は小さく訴えた。

「ぁ……っ、胸、触んないで……っ」

「こんなにきれいなのが目の前にあったら、無理ですよ」

　ちゅっと音を立てて吸い上げられ、それに呼応した内壁が屹立をきつく食い締める。すべてをのみ込んだとき、身体はすっかり汗ばんでいた。浅い呼吸をする佐和の胸から唇を離し、小野がささやく。

「自分で動けますか」

「うん……、ぁっ」

一度根元までのみ込んだ楔をズルリと引き抜き、再び体内に埋める。

太さのある幹で内壁を擦られるのは、ゾクゾクするほど気持ちよかった。縛られたままの腕で彼の首に捕まりながら、佐和は腰を揺らす。すると小野が、吐息交じりの声でつぶやいた。

「いやらしいな。俺のを使って自分で気持ちよくなってる佐和さん、最高に可愛い」

「んぅっ……」

後頭部をつかんで口づけられ、舌を絡められる。

隘路がきゅうっと窄まり、ますます中にいる彼の大きさを意識して官能を煽った。しばらくそうして腰を揺らし、やがて疲れて動きを止める。

その瞬間、小野がこちらの腰をつかんでずんと深く突き上げてきて、思わず高い声を上げた。

「あっ！」

「中、ぬるぬる……狭いのに全部のみ込んで、ほら、奥に当たってる……」

「ぅっ、あっ」

何度も最奥を突き上げられ、佐和はその質量に耐える。

やがて彼が佐和の手首を拘束していたネクタイを解き、身体をベッドに横たえた。そして互いの脚を交差させながら深く腰を入れる、いわゆる〝松葉崩し〟の体位で挿入してきて、佐和は手元のシーツをつかむ。

「やぁっ、おっき……っ」

「全部挿入ってますよ。あー、この体勢、すごく締まる……」

結合部を密着させながら突き上げられ、佐和はあっという間に快感に追い詰められる。

小さく声を上げて達すると、内部の動きに煽られた小野がぐっと顔を歪め、余裕のない表情で言った。

「……っ、俺も達きます」

「あっ……！」

律動を速められ、達したばかりで敏感な奥を激しく攻められた佐和は、嵐のような快感に翻弄される。

小野が息を詰め、薄い膜越しに熱い飛沫が放たれるのがわかった。わななく襞が幹に絡みつき、彼が切っ先をより奥に押しつけて抉ってくる。

ようやく射精を終えたところで、二人で深く息をついた。

「はぁっ……」

身体はすっかり汗ばみ、心臓が早鐘のごとく脈打っている。佐和が緩慢なしぐさで視線を向けると、小野が身を屈めて口づけてきた。

「ん……っ」

先ほどまでの激しさとは打って変わり、行為の余韻を味わうような緩やかなキスに陶然とする。

唇を離したタイミングで、佐和は目の前の彼を見つめてボソリと言った。

「小野くん、もう全然初心者じゃないよね」

「そうですか？　それより呼び方、また元に戻ってますよ」

「……あ」

汗ばんだ髪を掻き上げる姿には色気があり、佐和はつくづく「イケメンだな」と考える。

何だかんだとすったもんだしたものの、結果的に小野とつきあうことになってじんわりとうれしさがこみ上げていた。年下だが冷静で頼りがいのある彼に、佐和は一人の男性として恋愛感情を抱いている。

しかし先ほどは小野の手管に一方的に翻弄されてしまい、年上としてのプライドが疼いていた。彼は枕元のティッシュを取って後始末をしており、佐和はモソモソと起き上がる。そして「佐和さん？」と不思議そうな顔をする彼の萎えたものをつかみ、おもむろに口の中に迎え入れた。

「……っ、佐和さん、何を……」

萎えていてもそれなりの質量のあるものに吸いつき、舌を這わせる。ピクリと反応するそれをいとおしく思いつつ、一旦屹立を口から出した佐和は上目遣いに小野を見て言った。

「若いんだから、まだできるでしょ？　さっきさんざん好き勝手してくれたんだし、今度はわたしの番ね」

すると唖然としてこちらを見下ろしていた彼が、すぐに小さく噴き出す。

腕を伸ばした小野は佐和の頬を撫で、笑みをにじませた口調で問いかけてきた。

「年上らしく、俺を翻弄してくれるってことですか？」

「そうだよ。途中で泣きを入れてもやめないから、覚悟して」

それを聞いた彼が、楽しそうな顔で答えた。

「――楽しみです」

広告営業部企画制作グループのデスクである緒方和志の行動は、自身の立場を利用した悪質なパワハラであると判断されて懲戒事案に発展した。

彼が小野に課した業務は、精査の結果〝新人に課すにはあまりに過大であり、必要ない業務を何度もやらせているのは嫌がらせに該当する〟という結論が出て、暴言を録音していたことも動かぬ証拠になった。

一方、佐和への度重なるリテイクは、仕事の範疇を超えているかどうかの判断が難しかったものの、取材をキャンセルされた件に関しては対象の店が協力を申し出てくれた。

リストランテのオーナーシェフが「店舗の電話の受信履歴を取り寄せれば、電話をかけてきた人物がわかるかもしれない」と言ってくれ、もしそれが会社の電話番号だった場合は該当者の特定が困難だったが、どうやら緒方は自身の携帯電話からかけていたらしい。

言い逃れができないと悟った彼は、渋々自分が取材先に電話をして勝手にキャンセルしたことを認めた。

そして嫌がらせをした理由を、「永岡と小野が、二人で親しげに歓楽街を歩いているのを見かけたからだ」と答えた。

『入社したばかりで一人前にもなっていない新人が、先輩社員である永岡に手を出しているのが許せなかった。永岡のほうも、自分の復縁要請を断っておきながら若い後輩に粉を掛けているのに腹が立ち、嫌がらせをした』

佐和は以前、編集長に緒方と交際していたことを既に説明していたが、小野との関係については「仕事上の相談に乗っていただけで、決して疚《やま》しいものではありません」と答えた。

(別に独身同士だからつきあっても何も問題ないんだろうけど、確かに入社して日が浅いのに先輩社員と交際してるのが知れたら、小野くんの立場が悪くなっちゃうもんね。わざわざ公表する必要はない)

小野のほうも佐和との関係について「ただの先輩と後輩です」と答えたため、パワハラは緒方の一方的な逆恨みによるものだと断定されて、彼は処分が決まるまで自宅謹慎となった。

一方、編集部内で唯一事情を知っている奥川とは小野を交えて三人で飲みに行き、詳細を説明した。

そして話し合いの結果、晴れてつきあうことになったと佐和が報告すると、彼女は興奮気味に言った。

「えー、こうして二人並んでるのを実際に見ても、まだ信じられないんだけど。小野は永岡のどこを好きになったの？」

奥川の問いかけに、彼は飲みかけのビールのジョッキを手元に置きながら答える。

「美人なのに、ざっくばらんな性格のところです。それに複数の仕事をてきぱき捌《さば》いていて、面白い記事が書けるところも尊敬しています」

「でも永岡の自宅は、汚部屋でしょ。がさつで料理もできない人間だし、幻滅しなかった？」

「佐和さんが苦手なことは俺がやればいいので、まったく」

あれこれと質問する彼女に、小野は嫌な顔をせずひとつひとつ丁寧に答えていく。

やがて奥川の質問が尽きた頃、ニッコリ笑って「奥川さん、せっかく仲良くなったんですから、今度うちで鍋パでもしませんか？」と誘うと、彼女は目を輝かせて頷いた。

「いいの？　何だ、小野って今どきの若者らしくちょっと冷めてるのかなーって思ってたら、ちゃんと喋るし全然いい子じゃん」

「ありがとうございます」

一方、小野は佐和に対し、「俺の姉に会ってもらえませんか」と提案してきた。

「えっ、わたしがお姉さんに？」

「はい。姉も会いたがってますし、今まで誤解があった分、直接顔を合わせたほうがいろいろ納得できると思うので」

かくして仕事が休みの週末、待ち合わせに現れた彼の姉は、明るい雰囲気の女性だった。

「初めまして、天沢晴香と申します」

「永岡佐和です」

「永岡さん、すごい美人ですね……！　奏多の彼女だなんて信じられないです」

晴香は肩より少し長いセミロングの髪は栗色で、顔立ちは小野と似ているところはほとんどないが、可愛らしい女性だった。年齢は二十五歳だといい、彼女が自分より年下であることに佐和は内心ショックを受けた。

（でも奏多とわたしは六歳離れてるんだし、当然なのかも。晴香さん、自分の弟がこんな年上の女に引っかかったの、嫌じゃないのかな）

晴香の左手の薬指には銀色の指輪がきらめいており、彼女が結婚しているのがわかる。

カフェの店員が飲み物を持ってきたタイミングで、晴香がニコニコして言った。

「奏多は昔から友人は多いんですけど、彼女がいたことがなくて。何度も告白されていたのに、どの相手にもその気になれなかったって言うんです。個人主義っていうか、変に冷静なところが可愛げがないっていうか」

彼女は「でも」と言葉を続け、アイスティーのグラスを手の中に包み込んで穏やかな口調で言った。

「わたしは昔から周りに気を使いすぎてしまったり、些細なことで落ち込みやすかったりしたんですけど、奏多はそんな頼りないわたしをずっとフォローしてくれていたんです。淡々としているところが冷めているように見えるかもしれませんが、根はとても優しい子ですので、どうか誤解しないでくださいね」

一生懸命に小野のいいところを伝えようとしている晴香を前に、佐和は微笑ましい気持ちになった。

彼は何かと姉の世話を焼いてしまう自身を〝シスコン〟と言っていたが、目の前の彼女にはそうしてしまうのが頷ける天真爛漫さがあった。おそらくは晴香のほうも、世話焼きな弟を大切に思っているのだろう。

(何だかうらやましいな。わたしは一人っ子で、兄弟がいないし)

聞けば彼女の夫は書道家で、メディアでも注目されている人物らしい。

二年前に結婚し、最近待望の第一子の妊娠が判明したそうで、幸せなのが表情から如実ににじみ出ていた。公共交通機関で帰るという晴香を心配し、小野が無理やり彼女をタクシーに乗せて言った。

「今はまだ安定期じゃないんだから、とにかく身体に気をつけろよ。お義兄《にい》さんによろしく」

「うん、ありがと。では永岡さん、お先に失礼します」

晴香を乗せたタクシーが去っていき、小野がこちらを見て言う。

「すみません、俺の我儘で会ってもらって」

「ううん。お姉さん、ニコニコしててすごく可愛い人だね。それに奏多、あんな喋り方するんだ」

素の少しぶっきらぼうな話し方が新鮮でそう言うと、彼はばつが悪そうな表情で答える。

「あれは……家族が相手なので」

「わたしには？」

「佐和さんは年上ですから、ああいう話し方はできませんよ」

「ふうん」

何となく寂しく思いつつも、佐和は「それも当たり前なのかな」と考える。

自分たちは出会ってまだ日が浅く、互いの人となりを深く知るには至っていない。一足飛びにわかり合うのは難しく、少しずつ一緒に過ごす時間を積み重ねていくしかないのだろう。

駅へ向かう道を歩きながら、ふいに小野がこちらの手をつかんでくる。佐和は驚いて顔を上げ、彼に向かって呼びかけた。

「奏多、手……」

「俺たちはつきあってるんですから、別に手を繋いで歩いたって不思議じゃないですよ。今日は休みで、会社の人に見られる心配もないですし」

「そうかもしれないけど」

小野がこちらに視線を向け、チラリと笑って言う。

「佐和さんも知ってるとおり、俺は今まで女性とつきあったことがないんです。だからこうして手を繋いで歩くのも初めてですし、その相手が佐和さんでうれしい」

「……奏多」

「もう俺の彼女なんですから、責任取ってあらゆる〝初めて〟につきあってくださいね。路上でキスとか、カーセックスもいいかも」

まだ明るい往来で突然そんなことを言われ、佐和はかあっと頬を熱くしながらつぶやく。

「……っ、何言ってるの。馬鹿」

そうは言いつつも、この先もずっと彼の〝初めて〟に関われるのだと思うと、面映ゆさもおぼえる。

晴香が言っていたとおり、彼は見た目こそ淡々としているが一途そうだ。緒方のように自分を裏切らずに安心させてくれるなら、ときどき要望に応えてやるのも悪くない。

そんなふうに思いながら、佐和は繋いだ手に力を込め、指同士を絡ませる。それに気づいた小野がうれしそうに微笑み、佐和もつられて笑いつつ明るい口調で言う。

「晩ご飯、どうしよっか。明日は仕事だけど、これから軽く飲みに行っちゃう？」

「いいですね。俺、エスニックが食いたいです」

「エスニックなら、最近気になってたお店があったんだ。下見《ロケハン》も兼ねて行こう」

——その後、緒方はパワハラをする人物として社内に知れ渡り、居心地が悪くなったのか依願退職を申し出たものの、一連の行動の悪質さが問われて懲戒解雇となった。

新たなデスクには編集部の中堅だった橋本が昇格し、これまで小野が緒方にボツにされてきた企画案を見て目を瞠った。

「小野くんの企画、面白そうなのがいっぱいあるね。このまま捨てるのは勿体ないよ」

彼女のアドバイスでブラッシュアップされたネタは企画会議に提出され、彼は入社四ヵ月にして雑誌easeに自分の記事を初めて載せた。

それを皮切りにコンスタントに企画が通るようになり、中でも〝今すぐ始めたい、大人のお稽古《けいこ》特集〟では自身の義兄である書道家の天沢瑛雪《えいせつ》をインタビューし、イケメン書道家が講師を務める書道教室の記事には読者の大きな反響があった。

彼の台頭は佐和の負けん気に火を点け、〝疲れた肌へのレスキューアイテム特集〟では化粧品や栄養ドリンク、入浴剤など多彩なラインナップを載せて女性たちの関心を引き、〝札幌スパイス特集〟では四川《しせん》料理やカレー、エスニック料理の店をクローズアップし、雑誌の売り上げに貢献した。

会社で切磋琢磨《せっさたくま》する一方、プライベートのほうはどうかというと、交際を始めて五ヵ月後に佐和と小野は揃《そろ》って近所に引っ越し、２ＬＤＫのマンションで同棲生活を始めた。

それまでは片づけ下手な佐和の部屋を彼が定期的に掃除していたが、仕事が忙しくなるにつれてそうした時間を捻出するのが難しくなり、「別々の部屋に住んでいるより、いっそ同棲したほうが俺の手間が省けるんですけど、どうですか」と提案され、今に至る。

仕事の忙しさは互いに同じなため、佐和は家事をする小野を積極的に手伝うようになった。一緒に作業をすると会話も増え、「あとで片づけなきゃいけないんだから、できるだけ汚さないようにしよう」という意識も芽生えてくる。

家事能力は相変わらず彼のほうが上で、特に料理に関しては味付けのセンスがないために皿の用意やゴミの始末程度しかできないものの、一緒に暮らし始めて半年が経つ頃には掃除や洗濯が普通にこなせるようになった。

朝の出勤前の時間帯、佐和はキッチンで洗い物をしていた小野に声をかける。

「洗面所掃除、終わったよ」

「ありがとう。こっちももうすぐ終わる」

先ほどフローリングシートで床掃除をしたリビングはすっきり片づいており、佐和はそれを眺めながら感慨深い気持ちでつぶやいた。

「前はあんな汚部屋暮らしだったわたしが、自分で掃除するようになったなんて信じられないね。

奏多の教育の賜物かも」

それを聞いた小野が、シンク周りの水撥《は》ねを拭きながら答える。

「佐和さんは仕事の面では有能だし、何事も手順さえ覚えればてきぱきこなせる人なんだと思うよ。前は家事に対する意識が低かっただけで」

つきあい始めて一年が経つ今、彼は敬語が取れて自然な口調で話すようになっている。

家事まめな小野は出会った当初から家のことを率先してやっていたものの、それを佐和に強要しなかった。だが「手伝いたい」と申し出ると手順を丁寧に教えてくれ、結果的にできるようになったのだから、手のひらで上手く転がされている気がする。

(でも、そういうのは嫌じゃない。部屋がきれいなほうが落ち着くし、地に足をつけて生活してる気がするし)

小野との生活は心地よく、仕事も互いに順調だ。

最近の彼は編集者としてすっかり一人前になり、日々取材やアポ取り、記事の執筆などを精力的にこなしている。佐和も新しい企画を次々と打ち出して評価を得ていて、プライベートも含めて順風満帆だった。

しかし二十九歳になって、ふとした瞬間に「いつまで奏多とこういうつきあいを続けていくのかな」と考える。

（奏多はまだ二十三で全然焦ってなさそうだけど、わたしはアラサーだからいろいろ考えちゃう。でも、これって贅沢なのかな）

今が幸せなら、それでいいのだろうか。

近頃は友人たちの結婚話が増え、つい自分と重ね合わせてしまうことが多々あった。去年の秋には小野の姉の晴香が第一子の男の子を出産し、叔父となった彼は甥っ子を目に入れても痛くないほどに可愛がっている。

家事能力が高く子ども好きな小野は、いい夫になりそうな素養が充分あった。しかし年齢的なことを思えば結婚はまだ先だと考えているはずで、佐和は先日そうした思いを酔いに任せて奥川に話した。

すると彼女は、あっけらかんと言った。

『だったら永岡のほうからプロポーズすればいいじゃん。「結婚してください」って』

『えっ？』

『お互い本気でつきあってるんでしょ？　だったら小野から言われるのを待つんじゃなく、自分から行動してもいいんじゃないの。年齢的なことなんて、最初からわかってるんだしさ』

そんな奥川とのやり取りを思い出していると、「佐和さん」と呼びかけられているのに気づく。

佐和はふと我に返り、顔を上げた。

「何？」

「今日は新入社員の歓迎会だけど、二次会はどうする？」

「うーん、その場のノリによるかも」

「じゃあ俺も、それに合わせようかな」

同じ広告営業部企画制作グループで働いているが、自分たちがつきあっている事実は佐和の同期の奥川しか知らない。

普段は出勤するときも乗る地下鉄を一本ずらし、オフィス内では極力親しさを表に出さないように努めている。

（でも……）

三日前に入社したばかりの女性新入社員がやたらと小野に話しかけているのが、佐和は気になって仕方なかった。

戸村歩美《とむらあゆみ》という名の彼女は可愛らしい女性で、一年先輩である小野が話しかけやすいのか、それとも異性として興味があるのか、必要以上に彼と距離を縮めているように思えてならない。

だがそれを口に出すのは先輩社員として狭量な気がして、佐和は自分の中に押し込めている。

（戸村さん、小柄で可愛くて、奏多の横に並んでるとお似合いなんだよね。やっぱり彼は同年代とか年下と一緒にいるほうが、傍《はた》から見たらしっくりくる）

そんなことを考えつつ小野と連れ立って駅に向かった佐和は、彼が乗った地下鉄を見送り、数分後に来たものに乗り込んで出勤する。

そしてエディトリアルデザイナーと誌面の打ち合わせをし、締め切りを考慮しながら業務の進行表を作成した。いくつか取材に関するアポイントを取ったあとは先週入稿が終わったばかりの雑誌〝ease〟の見本誌をチェックし、協力してくれた店舗に発売日の二、三日前に到着するように送付する。

併せてこちらからの執筆料の支払いに必要な請求書を作成して、外部ライターに郵送した。それが終わったら、赤ペンを手に自分が受け持つ案件以外の校正に取りかかる。

他の人間が書いた記事を読むのは、着眼点や構成、文章などで勉強になった。やがて午後五時半に仕事を終え、新入社員歓迎会のために歓楽街の居酒屋に移動する。

出張から戻ったばかりの編集長のスピーチのあと、新人の戸村が少しぎこちなく挨拶をした。そして乾杯となり、佐和は末席でビールのジョッキを傾ける。

「永岡、お造り美味しそうだよ。適当に取ってあげようか」

「うん」

部署の飲み会の場合、佐和はいつも隅のほうで奥川とマイペースに飲むのが常だ。

見ると新人は男性社員たちに囲まれてちやほやされていたものの、しばらくすると小野のところに行って話しかけている。それを見た奥川が、興味津々の表情で言った。

「すごいね、新人ちゃん。ふわふわして見えるのに、あれは結構肉食っぽい。小野をロックオンしてるのが丸わかりじゃん」

「そう？」

「配属されて三日であれって、自分に相当自信があるんだろうなー。永岡、気にならない？」

「別に」

本当は気になっているものの、あえて素っ気なく答えた佐和は、目の前の料理をモリモリ食べる。

しかしそんな戸村を目の当たりにして不満げな様子を見せているのは、入社四年、五年目の三人の男性社員たちだった。土屋《つちや》、加藤《かとう》、新田《にった》という名前の彼らは、彼女の関心が小野に向いているのが面白くないらしく、酒の勢いで性質《たち》の悪い絡み方を始める。

「小野ー、お前っていつもスカした顔してて腹立つよなあ。まだ二年目のくせに、そこそこ結果出してるからって調子に乗ってないか？」

「あー、わかる。ちょっと面《ツラ》がいいのを鼻にかけて、謙虚さが足りないんだよな」

「別にそんなことないですよ」

小野が淡々とした口調で答えると、加藤がムッとしたように日本酒が入った枡《ます》を引き寄せて彼の前に置く。そして冗談めかして言った。

「だったら俺の酒が飲めるよな。まさか先輩が勧めたものを断らないだろ？」

「飲むなら一気しろよー、ちまちま飲むなんてつまんねーからな」

新田が馴れ馴れしく肩を組んで小野に日本酒を勧める一方、土屋が店員を呼んで「すみません、日本酒を冷やで二合ください」と追加注文している。

それを見た奥川が、佐和の腕を小突いてささやいた。

「ちょっと、加藤たちのあれ、やばくない？　アルハラじゃん」

小野に絡み始めた三人を見て、戸村が慌てたように「あの、無理に勧めないほうが」と制止しようとするが、彼らはやめない。

編集長と副編集長は何やら熱心に話し込んでおり、他の社員たちも気づいていないようだった。

佐和は彼らを見つめ、じっと考える。

（奏多はお酒に強いほうだけど、日本酒を飲んだら覿面に酔うんだよね。しかもあの様子だと、一杯だけじゃ済まなそうだし……。ああ、もう）

突然立ち上がった佐和を見て、奥川が「永岡？」と驚いた顔をする。

佐和はガヤガヤと騒がしい宴席を横目に、小野に大股で歩み寄った。そして腕を伸ばし、新田の手から枡酒を取り上げると、ゴクゴクとそれを一気飲みする。

「……永岡さん？」

彼らが唖然としてこちらを見上げ、佐和は空になった枡を新田に突き返す。そして三人を睨《にら》んで言った。

「向こうから見てたけど、あんたたち一体何やってんの。三人で徒党を組んで、後輩に対してアルハラ？」

「いや、……」

「これだけコンプライアンスにうるさい世の中なのに、よくそんなことができるよね。それとも小野くんの代わりに、全部わたしが飲めば満足？　だったらそっちの徳利も寄越しなさいよ」

ふつふつと滾《たぎ》る怒りのままに佐和が腕を伸ばすと、彼らは状況のまずさに気づいたのか、「いえ」「永岡さん、落ち着いて」と言って慌てて押し留めようとしてくる。

そのとき小野が小さく噴き出し、三人が驚いた顔で彼に視線を向けた。小野が笑いをこらえつつ、楽しそうな表情で言う。

「すみません。永岡さんの行動があまりにも男前で、思わず笑っちゃいました」

「…………」

「僕が日本酒に弱いのを知ってて、助けてくれたんですよね。……そういうところがやっぱり好きなんだよな」

最後に独り言のようにつぶやいた彼は胸ポケットから財布を取り出し、二人分の会費をテーブルに置く。

そして立ち上がり、佐和の手をつかみながら、争い事の気配に気づいてこちらに視線を向けていた編集長の飯田に告げた。

「永岡さんが飲みすぎたようなので、僕が家まで送っていきます。――失礼します」

「えっ、ちょっ……」

前触れのない行動に驚き、動揺する佐和の腕を引いた小野が、座敷をあとにする。

部屋を出る直前、気を利かせた奥川がバッグと上着を手渡してくれて、慌ててそれを受け取った。

靴を履き、和服姿の店員に見送られて外に出た佐和は、小野を見つめて言う。

「奏多、こんなふうに二人で抜けたりしたらまずいよ。他の人たちにどう思われるか――」

「もういいんだ、どう思われたって」

「えっ」

雑多な匂いのする往来を、人々の間を縫うように歩きながら、彼が言葉を続ける。

「実は加藤さんたちからは、これまでも事あるごとにチクチク嫌みを言われてたんだ。企画会議で俺のネタが通ったのにあの人たちのが通らないことが数回あって、前から生意気だって思われてたみたいで。特にこの二、三日は戸村さんが俺にばかり話しかけるのが面白くなかったようだし、あいうふうに絡まれるのも想定の範囲内というか」

「でも、あんなの卑怯《ひきょう》だよ。先輩の立場を笠に着て、しかも三人がかりで無理やり強い酒を飲ませようとするなんて」

先ほどの怒りが再燃するのを感じながら佐和がそうつぶやくと、小野が笑って言う。

「俺が一杯飲んであの場が収まるなら、そうしようと思ってた。でも佐和さんが来てくれて、あの三人に向かって啖呵《たんか》を切ってくれて、うれしかった。会社では極力関わらないようにしてたはずなのに」

「それは……」

会社で極力関わらないようにしているのは、若い彼と六歳上の自分がつきあっている事実が周囲に知られれば仕事がしづらくなると考えたからだ。

何より小野が〝入社して早々、先輩の女性社員に手を出すような軽い男〟という色眼鏡で見られることだけは避けたい。そう考えての行動だったが、彼は事も無げに言う。

「本当は俺は、もっと早く周りに言いたかった。――佐和さんとつきあってるって」

「奏多、でも……っ」

「佐和さんと交際してる事実は俺にとってまったく恥ずかしいことじゃないし、むしろ周囲に自慢したい。こんなにきれいで性格もいい人が、俺の彼女なんだって」

小野の真っすぐな言葉を聞き、佐和の胸がじんとする。

パッと見は温度が低そうな見た目であるにもかかわらず、彼はここぞというときにこうして気持ちを口にしてくれる。それがうれしく、甘酸っぱい思いが心を満たしていた。

小野が前を向いて歩きながら言った。

「佐和さんとつきあったこの一年、俺はすごく楽しかった。二人で飯を食うのはもちろん、仕事の話を真剣にしたり、休みの日にサブスクの連ドラを観ながら一日中ダラダラしたり、一緒に家事をこなすだけでも楽しい。俺はわりと几帳面なほうだけど、佐和さんの大雑把さを見てるといい意味で力を抜けたんだ。たぶん俺がすることに最初からずっと感謝してくれて、一年経っても『当たり前だ』っていう態度を取らないところがよかったんだと思う」

それは自分も同じだ――と佐和は思う。

彼は確かに几帳面だが神経質さはなく、自身の美意識や物事に対する尺度をこちらに押しつけようとしない。佐和のだらしなさを〝そういうもの〟として受け入れ、それでいて手伝いたいというこちらの意思を汲《く》んで、嫌がらずに家事を教えてくれる。

(わたしよりも年下なのに、奏多には落ち着きと鷹揚《おうよう》さがある。だからかな、一緒に暮らしててストレスがないのは)

職場での小野は謙虚で、ひとつひとつの仕事に丁寧に取り組んでおり、信頼と実績を着実に積み重ねていた。

先ほど加藤たちが言っていた「いつもスカした顔をして、そこそこ結果を出しているからって調子に乗っている」ということは一切なく、だからこそ彼らの発言を聞いて猛烈に腹が立ったのかもしれない。

あのときの佐和は、会社ではなるべく接触を持たないでおこうと考えていたのを忘れて彼らに詰め寄っていた。他の社員たちからすればあの怒りようは異様だったかもしれないと考えていると、ふいに小野が言う。

「佐和さん。――俺と結婚しよう」

「へっ？」

「もう会社の人たちに、俺たちの関係を隠したくない。だからいっそ結婚してしまえばいいと思うんだ」

佐和は驚き、その場で足を止める。そして彼を見つめ、慌てて言った。

「ちょ、ちょっと待って。結婚って、あの……本気？」

「至って本気だよ。それとも佐和さんは、俺と遊びでつきあってたの？」

「そんなわけないでしょ。でも……っ」

自分は結婚適齢期を微妙に過ぎようとしているが、小野はまだ二十三歳だ。

まだまだそうしたことを具体的に考える年齢ではなく、世間的にも早いと考える人が圧倒的多数だと思う。佐和がそう言うと、彼はあっさり答えた。

「別に世間がどうとかは関係ないんじゃないかな。俺が未成年ならそう言うのもわかるけど、とっくに成人してるし。一番大切なのは、お互いにどう思ってるかだ」

「…………」

「俺はこの先の人生も、佐和さんと一緒にいたい。毎日何気ないことで笑ったり、同じベッドで眠ったり、ときどきそれぞれの仕事に没頭したり、そんな今の暮らしがずっと続いていくなら絶対に幸せだと感じるんだ。佐和さんはどう思ってる？」

小野に問いかけられた佐和は、かすかに顔を歪める。

今の生活を幸せだと感じているのは、自分も同じだ。むしろ幸せだからこそ、「いつまでこれが続くのだろう」という漠然とした不安を感じていた。

いつか彼は、年上である自分に飽きるかもしれない。同年代や年下の女性に心惹かれ、別れを選択するかもしれない。

そうなったら、三十代になろうとしている佐和は惨めだ。小野以上に心惹かれる男性はおらず、きっと彼に振られた心の痛みを抱えながらこの先の人生を独身で過ごしていく。そんなふうに想像していただけに、こうしてプロポーズされているのが信じられなかった。

佐和は小野を見つめ、ポツリと言った。

「わたしは奏多より六歳上だから、もし結婚したら周りから『そんな年上なんて』って言われるかもしれないよ。いつかもっと若い子に目がいくかも」

「言いたい奴には、言わせておけばいいよ。俺は佐和さんを美人だと思ってるし、今より年齢を重ねても好きでいる自信がある」

「掃除や洗濯はある程度できるようになったけど、料理は下手くそなままだし、普通の奥さんみたいに晩ご飯を作ってあげるとかできないよ。この先も仕事を続けるなら帰りが終電とかもあって、家庭的とは程遠いと思う。それでも？」

すると彼は笑い、握る手に力を込めて答えた。

「そんなの全部織り込んだ上で、プロポーズしてるんだけど。で、返事は？」

揺るぎない小野の態度を前に、佐和の胸にじんわりとした歓喜が広がる。

これまで彼との未来を何度も考えたが、年上である自分から口にするのはおこがましい気がして、結婚願望を表に出したことはなかった。

だがこちらの劣等感も、譲れない部分も、小野はすべてのみ込んだ上でプロポーズしてくれている。それをうれしく思いながら、佐和は笑って答えた。

「奏多がそう言ってくれて、うれしい。わたしはアラサーだけど、奏多はまだ若いから、将来とかはまったく考えてないんだろうなって思ってたの」

「一緒に住むのを提案した時点で、考えてたよ。でも最低でも一年くらいつきあってからじゃないと、きっとお互いのことを理解できないんだろうなと思って、言うのを我慢してた」

何だか照れ臭くなり、佐和は視線を落とす。

こんな往来で結婚を申し込まれるのは予想外で、どんな顔をしていいかわからなかった。雑多な匂いのする風が足元を吹き抜けていき、ほんの少し肌寒さをおぼえた佐和は、精一杯平静を装って言う。

「えっと、帰ろっか。タクシーは勿体ないから、家まで歩く？　それともどこかで飲み直すとか」

「いや、帰らない」

「えっ」

小野が佐和の手を引き、通りを歩き出す。

彼が向かったのは、駅に程近いところにある外資系シティホテルだった。数年前に竣工《しゅんこう》したばかりのそこはフランスのホテルチェーンの系列で、異国情緒溢れる造りが話題を呼んでいる。

「奏多、ここって……」

「前に雑誌〝ease〟で市内のホテル特集を組んだとき、取材で来たことがあるんだ。フランス人の女性デザイナーがプロデュースした内装で、ロマンチックな雰囲気が女性受けしてる」

佐和をロビーに座らせた小野がフロントに向かい、チェックインする。

やがてスタッフに案内されたのは、最上階にあるプリビレッジスイートだった。広々とした室内は床に絨毯《じゅうたん》が敷き詰められ、選び抜かれた家具や窓からの眺めが優雅さを引き立てている。

リビングと寝室は壁で仕切られており、バスルームはまるで外国に来たかのようなラグジュアリーさだ。それを見つめた佐和は、感嘆のため息を漏らした。

「すごい部屋。でも、家まで近いのにどうして？」

「せっかくプロポーズしたわけだから、ちょっとは特別感を出さないと。本当はちゃんとした店にディナーに行って言うべきだったのかもしれないけど」

「そんなの、全然気にしなくていいよ。充分うれしいから」

わざわざスイートルームを取ってくれたのがくすぐったく、佐和は笑う。

窓から夜景を眺めていると、小野が後ろから抱きしめてきた。彼はパッと見は細身に見えるものの、昔から鍛えているだけあって身体つきはしっかりしている。

小野が佐和の頬に自身のそれを擦り合わせてささやいた。

「佐和さんのこの先の人生を予約できたんだと思うと、心からホッとする。他の誰かに取られる心配をしなくて済むから」

「そんな心配をしてたの？」

「してたよ。佐和さん、自分が結構もててるの知らないだろ」

そんな心当たりはまったくない佐和は、噴き出しながら答える。

「奏多こそ、入社した当初からあちこちの女性社員からアプローチされてるでしょ。それに新人の戸村さんにもロックオンされてたし」

するど彼は、肩をすくめて言った。

「確かに彼女は些細なことでも俺に質問してきて、初日にトークアプリのＩＤも聞かれた。でも『仕事で必要なとき以外は、人に教えない方針なんだ』って言って断った」

「そうなの？」

「うん。でもその対応も、加藤さんたちにとってはスカしてるように見えて気に食わなかったみたいだ。教えたら教えたで、きっとまた何か言われたと思うけどね」

それを聞いた佐和は、「あの三人について、編集長に相談しなければ」と考える。

彼らの行動は飲み会の席に限ったことではなく、今後小野への嫌がらせに発展しそうな気配がある。おそらくは近頃仕事で結果を出し始めた彼を煙たく感じていたのに加え、可愛いと思っていた新人が小野に気のあるそぶりを見せたために、嫉妬心に火が点いてしまったのだろう。

そんなふうに考えていると、彼が後ろから頤《おとがい》を上げてくる。そして覆い被さるように口づけてきた。

「ん……っ」

舌が絡み、佐和の体温がじわりと上がる。

普段は家でしかこういうことをしないため、いつもと違うシチュエーションにドキドキしていた。

小野の手が胸元に触れ、ふくらみをやんわりと揉みしだいてくる。キスの合間、佐和は吐息が触れる距離で言った。

「奏多……あの、ここは窓の傍だから」

「高層階だから、外からは全然見えないと思うけど。そういえば窓辺っていうシチュではヤったことないな」

「……っ、馬鹿」

ベッドルームに移動し、改めてキスをする。

押し倒されたベッドはスプリングがちょうどよく、身体がわずかに弾んだ。佐和は彼の衣服に手を掛け、ジャケットとカットソーを脱がせる。すると引き締まった上半身があらわになり、内心うっとりした。

(奏多の身体、一見細く見えるけど、実は脱ぐと筋肉質なんだよね。筋トレしてるせいか、すごく男らしい)

この身体を知っているのは自分だけなのだと思うと、優越感が湧く。

他の部署の女性社員や取材先の人間にアプローチされるくらいなのだから、やはり傍から見た小野は魅力的なのだろう。そんな彼に早く触れたくてたまらず、佐和は身体を起こして小野をベッドに押し倒す。そしてその腰に跨がり、彼の胸板に触れて言った。

「わたしが先に触っていい?」

身を屈め、しなやかな首筋や鎖骨に唇を這わせる。

そうしながらも胸の飾りに触れ、爪の先で引っ掻いた。するとそこはすぐに勃ち上がり、佐和は舌先でチロリと舐める。

「……っ」

小さな突起の感触は舌に愉しく、舐めたり吸ったりしながら小野の反応を窺った。

彼は熱情を押し殺した眼差しでこちらを見ており、もっと乱してやりたい衝動がこみ上げる。身体をずらした佐和はベルトに手を掛け、スラックスの前をくつろげた。

(あ、おっきい……)

そこは既に兆しており、下着の前が大きく盛り上がっていた。

下着ごと屹立を咥えた途端、小野が息を詰める。唾液が生地にじわじわと染みていくのを感じつつ、佐和は昂ぶりの形をなぞるように舌を這わせた。

しばらくそうして焦らしたあと、下着を引き下ろして性器を取り出す。硬く張り詰めたそれは雄々しい形をしていて、幹をつかんで下からじっくりと舐め上げた。

「……っ、佐和さん……」

彼が吐息交じりの声でつぶやき、佐和はその色っぽさにゾクゾクする。

裏筋やくびれを丁寧に舐め、亀頭を口腔に迎え入れると、先走りの液がにじみ出ているのがわかった。歯を立てないように気をつけながら、佐和は剛直に吸いついてゆっくり出し入れした。

「……っ、は……っ」

小野が心地よさそうな息を吐き、こちらの頭を撫でてくる。

頬に触れた手で顔を上げるように促され、佐和は一旦口から昂ぶりを出すと、幹を舐めながら彼を見つめた。すると小野が、笑って言う。

「エロい顔。佐和さん、俺のを舐めるの好き？」

「……うん、好き」

「じゃあちょっと、激しくしていいかな」

ベッドに身を起こした彼が膝立ちの状態でこちらの口元に剛直を押しつけてきて、佐和は従順にそれを咥える。

頭を両手でつかんだ小野が、ゆっくり屹立を出し入れしてきた。されるがままになりつつ、佐和はくぐもった声を漏らす。

「うっ……んっ、……う……っ」

硬く張り詰めたものを繰り返し喉奥まで挿れられ、苦しさで目に涙がにじむ。

できるかぎり喉を開いて受け入れるものの、自分の動きではないリズムで抽送され、その大きさに何度も嘔吐きそうになった。性器が口腔を蹂躙し、中で攪拌《かくはん》された唾液が音を立てる。視線を上げると小野の熱っぽい眼差しに合い、かあっと頬が赤らんだ。

普段の彼は優しく粗暴なところは一切ないが、ベッドではこうしてやや強引に振る舞うときがあり、佐和をゾクゾクさせていた。痛みを与えることはしないために抵抗感はまったくなく、むしろ互いの官能を煽っている。

佐和の頭をつかんで口腔に自身を出し入れしながら、小野が吐息交じりの声でつぶやいた。

「……っ、このまま佐和さんの喉の奥に出したいけど、勿体ないな。抜くよ」

「ぁ、……」

剛直が口の中から出ていき、佐和は荒い息をつく。

唾液が長く透明な糸を引き、途中で切れて落ちるのがひどく淫靡だった。口元を拭おうとした瞬間、小野が佐和の後頭部を引き寄せて激しく口づけてくる。

「ん……っ……うっ……は……っ……」

舌を絡められ、口腔を舐め尽くされる。

少し荒っぽいキスには彼の興奮が如実に表れていて、佐和は舌を絡めてそれに応えた。早く小野と繋がりたくて、たまらない。先ほどまで口の中を犯していたものをもっと奥深くまで受け入れたい気持ちが募り、身体が熱くなっていた。

彼の手がスカートをまくり上げ、脚の間に触れる。そこはもうすっかり熱くなっており、下着がじんわりと湿っていた。ストッキングと下着を取り去った小野が佐和の脚を大きく開かせ、顔を埋めてくる。

「あ……っ！」

熱い舌が花弁をくまなく舐め、溢れ出た愛液を啜る。

わざと音を立てて舐められると羞恥がこみ上げ、佐和は腕を伸ばして彼の髪に触れた。それに頓着せず、小野がなおも舌を這わせてきて、中がより強い刺激を求めて蠢く。

ぬめる舌が秘所を這い回る感触は強烈で、浅いところに舌先を埋められると肌がゾワリと粟立った。佐和は彼を見つめ、切れ切れに訴える。

「ぁっ……奏多……っ」

「何？」

「早く……っ……」

すると小野が身体を起こし、余裕のない眼差しでこちらを見る。そして片方の手で口元を拭いながら言った。

「もう少し佐和さんを感じさせてからと思ってたのに、駄目だな。……俺も全然余裕がない」

そう言って彼が自身に避妊具を被せるのを、佐和は上気した顔で見守った。

切っ先を割れ目に沿って動かされ、愛液のぬめりを纏った亀頭が敏感な花芽を刺激して思わず腰が跳ねる。甘ったるい快感がもどかしく、この期に及んで焦らすような動きをする彼の手首を強くつかむと、入り口に引っかかった剛直がそのまま中に押し入ってきた。

「あ……っ！」

硬く張り詰めたものが柔襞を掻き分けて進み、圧迫感をおぼえる。

だが待ち望んだ内部はすぐに快感を拾い、ビクビクと震えながら屹立を締めつけた。根元まで深く埋められると満たされる充足感があり、佐和は腕を伸ばして小野の身体を引き寄せる。

すると抵抗せずに覆い被さってきた彼が、熱い息を吐いて言った。

「は……っ、きつい。……動くよ」

腰を密着させて奥を突き上げられ、佐和は声を上げる。

律動はすぐに激しくなり、体内を行き来する楔のことしか考えられなくなった。中を押し広げるものは硬く、そのずっしりとした質感に内壁を擦られると肌が粟立つほどの愉悦をおぼえる。

これまで何度となく抱き合ったときも快感はあったが、プロポーズを受けた今は小野への愛情がより強くこみ上げ、締めつける動きが止まらない。

佐和は彼の首にしがみつき、想いを込めてささやいた。

「好き、……奏多」

「俺も好きだ」

唇に触れるだけのキスをされ、その甘さにじんわりと幸せを感じる。

佐和は間近で端整な顔を見つめ、目を潤ませた。

（わたし、この先もずっと奏多と一緒にいられるんだ。……嘘みたい）

最初は廊下でときどき顔を合わせて挨拶をする関係で、まさかそれ以上の関わりを持つとは思わなかった。

それがひょんなことから一夜を共にし、小野の〝練習〟につきあいながら日常生活を送るうち、いつしかかけがえのない存在になっていた。恋人になってからの彼はいい意味でマイペースで、堅実でしっかりした性格は年下という感じがしない。おそらくは浮気もしない性質で、自分だけを真っすぐに想ってくれることに安心感をおぼえる。

（わたしも奏多に、同じだけのものを返せたらいいな。そして十年後も二十年後も、一緒にいることができたら……）

そんな気持ちに呼応して、内壁が中にいる小野を強く締めつける。

それに心地よさそうな息を吐いた彼は、こちらの片方の脚を肩に担ぎ上げて深く腰を入れてきた。

押し入ってきた剛直の先端が子宮口を抉り、佐和は背をしならせて高い声を上げる。

「んぁっ……！」

「腰、逃げてるよ。全部受け入れて――ほら」

「あっ、あっ」

激しい律動で繰り返し奥を突かれ、その圧倒的な質量に息が止まりそうになる。

太い幹で内側を擦りながら最奥を抉られると目がチカチカするほどの快感があり、夢中で小野の首にしがみついた。するとしばらくしてズルリと楔が引き抜かれ、身体をうつ伏せにされる。

そして腰を高く上げた姿勢で、後ろから貫かれた。

「んぁっ……！」

(深い……っ)

脳天まで突き抜けるような圧迫感に息をのんだ瞬間、激しい律動が始まり、佐和は喘ぐ。

思わず手元のシーツを強く握ると、背後で小野が言った。

「佐和さんの背中、きれいだ。腰は細いのにお尻は丸みがあって、身体の線がすごくそそる……。ちょっと激しくするよ」

その言葉どおりに容赦なく突き上げられ、佐和は悲鳴のような声を上げる。

一突きごとに内臓がせり上がるような苦しさがあり、締めつける動きを止められない。痛みはないが理性を吹き飛ばされてしまいそうな怖さがあり、佐和は必死で自分の腰をつかむ彼の手に触れて呼びかけた。

「やっ、ぁ、待って……っ」

「待たない。中、きついのにぬるぬるして俺を根元までのみ込んでる。佐和さんも気持ちいいだろ」

「あ……っ！」

腰を何度も打ちつけられ、自分の腕で身体を支えられなくなった佐和はシーツに突っ伏して激しい動きに耐える。

背後から覆い被さってきた小野が首筋にキスをし、胸の先端を弄ってきた。肌に触れる彼の吐息や濡れた舌、胸の先を刺激する指に乱され、思考が覚束なくなる。

「や、も、達く……っ」

快感に追い詰められ、佐和が切羽詰まった声を漏らすと、小野が吐息交じりにささやく。

「いいよ、……俺も達く」

改めて腰をつかみ、何度も深く突き上げられて、佐和は涙目で喘ぐ。

やがてひときわ深く楔を打ち込まれ、ビクッと身体を震わせて達した。ほぼ同時に彼も息を詰め、膜越しに熱を放つのがわかる。

「……っ」

「はぁっ……」

ゆるゆると腰を行き来させながら射精した小野が、充足の息を吐く。

ようやく止んだ律動に息を乱し、佐和は脱力してぐったりとシーツに沈み込んだ。身体が汗ばみ、心臓がドクドクと速い鼓動を刻んでいる。だが甘い余韻が全身に伝播していく感覚は、決して嫌ではなかった。

彼が腕を伸ばして髪に触れ、問いかけてくる。

「佐和さん、平気？　水持ってこようか」

「……うん」

一旦ベッドを下りた彼がミニキッチンに向かい、冷えた水のボトルを持ってくる。

それを口移しに飲まされ、佐和は流し込まれた水をゴクリと嚥下した。

「もっと？」

「うん……」

三度ほど繰り返して一息つくと、トロトロとした眠気をおぼえる。

するとペットボトルにキャップをしてベッドサイドに置いた小野が、こちらの身体を抱き込んで言った。

「結婚するんだから、佐和さんの家に挨拶に行かないとな。お父さんは結構強面《こわもて》なんだっけ」

「うん。建設会社でずっと現場監督をやってきてる人だから、見た目はいかついかも」

互いの家族の話は前からチラッとしていたものの、それを聞く小野には臆した様子は一切ない。

彼は佐和の乱れた髪に触れつつ、続けて問いかけてきた。

「お母さんは？」

「明るくてお喋りな人。きっと奏多を見たら、『イケメン！』って大騒ぎするんじゃないかな」

一方の小野の両親は、父親は電気機器メーカーの部長、母親はスーパーのパート社員で、穏やかな人たちらしい。

互いの両親に挨拶に行くのだと思うと、結婚がにわかに現実味を帯びてくる。そんな佐和の手を握り、彼が改めて言った。

「佐和さんの両親は、もしかすると俺が六歳年下であることを『頼りない』って思うかもしれない。確かに社会経験も少ないし、そんな小僧に大事な娘をやれないって思うのも理解できる」

「奏多、それは――」

それは自分が、何とか説得する。佐和は慌ててそう言おうとしたものの、小野が遮って続けた。

「でも、わかってもらえるまで何度でも話をする。俺がどれだけ佐和さんを大切に思ってるか、二人で幸せになりたいと考えているかを、言葉を尽くして説明するつもりだ。だから信じてついてきてくれる？」

彼が自分との結婚を強く望み、それを実現するために力を尽くしてくれる気でいるのを知った佐和の胸が震える。

出会った当初から小野には一貫して芯があり、ぶれることがない。それは年齢に関係なく尊敬できるところで、彼という人間を信用する上で大きな要因になっていた。佐和は笑って答えた。

「うん。奏多のことを、誰よりも信じてる。わたしも奏多の家族に認めてもらえるように頑張るから」

「うちの親は、たぶん大丈夫じゃないかな。別に親子ほど歳が離れた人と結婚するってわけじゃないし」


その言葉どおり、小野は挨拶に赴いた永岡家で佐和の父親と長時間話し合い、見事に結婚の許可を得た。

父は当初「年齢が離れすぎている」「結婚するなら、もう少し社会経験を積んだ人のほうが」と考えていたようだが、彼の真面目な受け答えや人柄に加え、佐和から小野以外の相手は考えられないこと、これから別の結婚相手を探すとなるともっと婚期が遅れることを聞くと、納得してくれた。

佐和の母親は元々アイドル好きということもあり、「こんな恰好いい子が義理の息子になってくれるなんて」と喜び、諸手を挙げて賛成していた。

会社にはまず編集長の飯田に揃って「かねてから交際しており、このたび結婚することになりました」と報告すると、彼は目を丸くして言った。

「永岡と小野がつきあってたなんて、全然知らなかったぞ。一年前の緒方のパワハラ案件のとき、あいつは二人の仲を勘繰っていたようだけど、もしかしてあの頃からか？」

「いえ。あのときはただの先輩として仕事の相談に乗ってもらっていて、交際に発展したのは緒方さんが退職してからです」

小野が機転を利かせてそう答え、飯田は「そうか。どちらにせよ、おめでとう」と祝福してくれた。

結婚の報告は部署内にも通達され、皆一様に驚いていた。今までは会社で極力関わりを持たないようにしていたため、意外な取り合わせだったらしい。

佐和は新人歓迎会の席で小野に絡んでいた加藤ら三人のことが気になっていたが、彼らはあのあと事情を知った他の社員たちに相当責められたようだ。編集長と副編集長からも厳重注意を受けた三人は、すっかり意気消沈して小野に謝っていた。謝罪を受けた彼は「酒の席のことですから」と言って流し、それ以上は責めなかった。

「もっと言ってやってもよかったんじゃない？　だって酒の席以外でもチクチク嫌みを言われてたんでしょ」

「でもこれ以上事を大きくして、三人に居づらくなって辞められたら困るし。ただでさえうちの部署は多忙なんだから、恩を売っておけば後々何か役に立つかも」

「まあ、確かにね」

一方、入社早々に小野にアプローチしていた新人の戸村歩美は、佐和と結婚するという話を聞いて相当がっかりしていたらしい。

しかしすぐに気持ちを切り替え、販促営業グループのイケメン男性社員にターゲットを変えて果敢にアタックしているようだ。そう佐和に説明した奥川が、感心した顔で言葉を続けた。

「さっさと小野を諦めてターゲットを変更する辺り、あの子は相当なタマだね。でも既婚者にちょっかい掛けないところは評価できるし、あのアグレッシブさが仕事に生かせればいいかも」

かくして結婚して三ヵ月が経つ今、佐和は相変わらず小野と同じ職場で働いている。

会社では互いの仕事で忙しく、オフィスで言葉を交わすことはあまりない。ただ時間が合うときに二人で堂々とランチができたり、左手の薬指にお揃いの結婚指輪が嵌まっていることが、うれしくてたまらない。

朝は以前のように地下鉄を一本遅らせることはせず、一緒に通勤するようになっていた。出勤前の忙しい時間帯、佐和は寝室の鏡の前でピアスを着ける。上手くピアス穴に入らずに苦戦していると、小野がリビングから声をかけてきた。

「佐和さん、そろそろ出るよ」

「はーい」

何とかピアスを装着した佐和は、通勤バッグを手に自宅を出る。

そして眩《まぶ》しい朝日が降り注ぐ外を歩きつつ、隣を歩く彼をチラリと見た。小野の横顔は相変わらず端整で、今日は白のTシャツの上にジャケットを羽織り、ネイビーのアンクルパンツを合わせた夏らしいオフィスカジュアルスタイルだった。

すっと通った鼻梁《びりょう》や涼やかな目元、すっきりとした輪郭と喉仏に仄かな色気があり、サラサラの髪が爽やかだ。こんな彼が自分の夫なのだと思うと誇らしい気持ちになり、佐和は思わずにんまりする。

それに気づいた小野がこちらに視線を向け、不思議そうに問いかけてきた。

「何？」

「ん？　今日もいい男だなーって思って。考えてみるとわたし、初めて見たときから奏多の顔が好きだったんだよね。もう筋金入りかも」

すると彼が噴き出し、楽しそうな顔で答えた。

「この顔でよければ、いくらでも見ればいいよ。それより、新しくできた店をＳＮＳで見つけて気になってるんだ。今日の夜に偵察がてら行かない？」

「どんな感じのお店？」

「炉端と地酒の店」

「いいね」

グルメ情報も扱う雑誌の編集者のため、佐和も小野も食べ歩きが好きだ。こうして何気ない時間を積み重ねていくことに、じんわりと幸せを感じる。仕事もプライベートも一緒だが、彼とならまったく窮屈ではない。むしろ共通の話題が多いのがいい刺激になり、毎日が充実していた。

小野が歩きながら手を握ってきて、佐和は面映ゆく微笑む。そして自分より大きな彼の手を握り返し、足取りも軽く駅の階段を下りた。

あとがき

こんにちは、もしくは初めまして。西條六花《さいじょうりつか》です。

ルネッタブックスで七冊目となるこの作品、自宅の隣に住む年下イケメンをこっそり心のオアシスにしていたら、ひょんなことから彼と一夜を共にしてしまい……というところから始まるストーリーとなりました。

ヒロインの佐和は出版社勤務のバリキャリ、美人なのに家事能力ゼロで、彼氏の浮気で別れたばかりのアラサーです。一方、ヒーローの小野は今どきのイケメン、クールな顔をしながら家事が得意で、面倒見のいい性格の持ち主となっています。

小野が御曹司やスパダリではないことから、書き終えたあとに「ちょっと地味かな」と考えていたのですが、担当さんが「面白かったです！」と言ってくださったため、かなりホッとしました。

ヒロインの佐和はポンポン言い返すタイプで、書いていて楽しかったです。小野は冷静沈着で最近の若者らしく淡々としていますが、実は童貞というコンプレックスがあり、初体験の少しガツガツした感じや慣れてきた頃のちょっと余裕のある感じ、一年経ってこなれた感じなど、それぞれのパターンを楽しんでいただけたらうれしいです。

彼はわたしが過去に書いた別作品にも登場しておりますので、興味がある方は〝書道家〟というワードが入ったタイトルを検索していただければと思います（そちらの作品のヒロインは小野の姉です）。

イラストは蜂不二子《はちふじこ》さまにお願いいたしました。とても繊細なタッチのイラストレーターさんなので、二人のビジュアルがどんなふうになるか仕上がりを楽しみにしています。

ところで、当作品が刊行されるのは初夏ですね。去年ようやくエアコンを買ったので、たとえ外が猛暑になっても、わたしと猫はとても快適です。文明の利器って素晴らしい……！

暑い日が続きますが、この作品が皆さまのひとときの娯楽になれましたら幸いです。またどこかでお会いできることを願って。

西條六花

ルネッタブックス

年下男子の『はじめて』が想像以上にスゴかった!
極上イケメンは無垢な顔して ×× する

2023年7月25日　第1刷発行　定価はカバーに表示してあります

著　者　西條六花　©RIKKA SAIJO 2023
発行人　鈴木幸辰
発行所　株式会社ハーパーコリンズ・ジャパン
東京都千代田区大手町 1-5-1
03-6269-2883（営業部）
0570-008091　（読者サービス係）

印刷・製本　中央精版印刷株式会社

ISBN978-4-596-52144-6